Nueve cuentos

Sección: Literatura

J. D. Salinger:
Nueve cuentos

El Libro de Bolsillo
Alianza Editorial
Madrid

Título original: *Nine Stories*
Traductor: Elena Rius

Primera edición en "El Libro de Bolsillo": 1990
Tercera reimpresión en "El Libro de Bolsillo": 1997

Copyright © J. D. Salinger, 1948, 1949, 1950, 1951, 1953
Copyright © Renewed, 1975, 1976, 1977, 1979, 1981 by J. D. Salinger
© Ed. cast.: Alianza Editorial, S. A., Madrid, 1990, 1991, 1996, 1997
  Calle Juan Ignacio Luca de Tena, 15; 28027 Madrid; teléf. 393 88 88
  ISBN: 84-206-0467-4
  Depósito legal: M. 33.502-1997
  Impreso en Lavel, S. A., Pol. Ind. Los Llanos
  C/ Gran Canaria, 12. Humanes (Madrid)
  Printed in Spain

Conocemos el sonido de la palmada de dos manos, pero ¿cuál es el sonido de la palmada de una sola mano?

UN KOAN ZEN

Un día perfecto para el pez plátano

En el hotel había noventa y siete agentes de publicidad neoyorquinos. Como monopolizaban las líneas telefónicas de larga distancia, la chica del 507 tuvo que esperar su llamada desde el mediodía hasta las dos y media de la tarde. Pero no perdió el tiempo. En una revista femenina leyó un artículo titulado «El sexo es divertido o infernal». Lavó su peine y su cepillo. Quitó una mancha de la falda de su traje beige. Corrió un poco el botón de la blusa de Saks. Se arrancó los dos pelos que acababan de salirle en el lunar. Cuando, por fin, la operadora la llamó, estaba sentada en el alféizar de la ventana y casi había terminado de pintarse las uñas de la mano izquierda.

No era una chica a la que una llamada telefónica le produjera gran efecto. Se comportaba como si el teléfono hubiera estado sonando constantemente desde que alcanzó la pubertad.

Mientras sonaba el teléfono, con el pincelito del esmalte se repasó una uña del dedo meñique, acentuando el borde de la lúnula. Tapó el frasco y, poniéndose de pie, abanicó en el aire su mano pintada, la izquierda. Con la mano seca, tomó del alféizar un cenicero repleto y lo llevó hasta la mesita de noche, donde estaba el teléfono. Se sentó en una de las dos camas gemelas ya hecha y —ya era la cuarta o quinta llamada— levantó el auricular del teléfono.

—Diga —dijo, manteniendo extendidos los dedos de la mano izquierda lejos de la bata de seda blanca, que era lo único que llevaba puesto, junto con las chinelas: los anillos estaban en el cuarto de baño.

—Su llamada a Nueva York, señora Glass —dijo la operadora.

—Gracias —contestó la chica, e hizo sitio en la mesita de noche para el cenicero.

A través del auricular llegó una voz de mujer:

—¿Muriel? ¿Eres tú?

La chica alejó un poco el auricular del oído.

—Sí, mamá. ¿Cómo estás? —dijo.

—He estado preocupadísima por ti. ¿Por qué no has llamado? ¿Estás bien?

—Traté de telefonear anoche y anteanoche. Los teléfonos aquí han...

—¿Estás bien, Muriel?

La chica separó un poco más el auricular de su oreja.

—Estoy perfectamente. Hace mucho calor. Éste es el día más caluroso que ha habido en Florida desde...

—¿Por qué no has llamado antes? He estado tan preocupada...

—Mamá, querida, no me grites. Te oigo perfectamente —dijo la chica—. Anoche te llamé dos veces. Una vez justo después...

—Le dije a tu padre que seguramente llamarías anoche. Pero no, él tenía que... ¿estás bien, Muriel? Dime la verdad.

—Estoy perfectamente. Por favor, no me preguntes siempre lo mismo.

—¿Cuándo llegasteis?

—No sé... el miércoles, de madrugada.

—¿Quién condujo?

—Él —dijo la chica—. Y no te asustes. Condujo bien. Yo misma estaba asombrada.

—¿Condujo él? Muriel, me diste tu palabra de que...

—Mamá —interrumpió la chica—, acabo de decírtelo. Condujo perfectamente. No pasamos de ochenta en todo el trayecto, ésa es la verdad.

—¿No trató de hacer el tonto otra vez con los árboles?

—Vuelvo a repetirte que condujo muy bien, mamá. Vamos, por favor. Le pedí que se mantuviera cerca de la línea blanca del centro, y todo lo demás, y entendió perfectamente, y lo hizo. Hasta se esforzaba por no mirar los árboles... se notaba. Por cierto, ¿papá ha hecho arreglar el coche?

—Todavía no. Es que piden cuatrocientos dólares, sólo para...

—Mamá, Seymour le dijo a papá que pagaría él. Así que no hay motivo para...

—Bueno, ya veremos. ¿Cómo se portó? Digo, en el coche y demás...

—Muy bien —dijo la chica.

—¿Sigue llamándote con ese horroroso...?

—No. Ahora tiene uno nuevo.

—¿Cuál?

—Mamá... ¿qué importancia tiene?

—Muriel, insisto en saberlo. Tu padre...

—Está bien, está bien. Me llama Miss Buscona Espiritual 1948 —dijo la chica, con una risita.

—No tiene nada de gracioso, Muriel. Nada de gracioso. Es horrible. Realmente, es triste. Cuando pienso cómo...

—Mamá —interrumpió la chica—, escúchame. ¿Te acuerdas de aquel libro que me mandó de Alemania? Unos poemas en alemán. ¿Qué hice con él? Me he estado rompiendo la cabeza...

—Lo tienes tú.

—¿Estás segura? —dijo la chica.

—Por supuesto. Es decir, lo tengo yo. Está en el cuarto de Freddy. Lo dejaste aquí y no había sitio en la... ¿Por qué? ¿Te lo ha pedido él?

—No. Simplemente me preguntó por él, cuando veníamos en el coche. Me preguntó si lo había leído.

—¡Pero está en alemán!

—Sí, mamita. Ese detalle no tiene importancia —dijo la chica, cruzando las piernas—. Dijo que casualmente los poemas habían sido escritos por el único gran poeta de este siglo. Me dijo que debería haber comprado una traducción o algo así. O aprendido el idioma... nada menos...

—Espantoso. Espantoso. Es realmente triste... Ya decía tu padre anoche...

—Un segundo, mamá —dijo la chica. Se acercó hasta el alféizar en busca de cigarrillos, encendió uno y volvió a sentarse en la cama—. ¿Mamá? —dijo, echando una bocanada de humo.

—Muriel, mira, escúchame.

—Te estoy escuchando.

—Tu padre habló con el doctor Sivetski.

—¿Sí? —dijo la chica.

—Le contó todo. Por lo menos, eso me dijo, ya sabes cómo es tu padre. Los árboles. Ese asunto de la ventana. Las cosas horribles que le dijo a la abuela acerca de sus proyectos sobre la muerte. Lo que hizo con esas fotos tan bonitas de las Bermudas... ¡Todo!

—¿Y...? —dijo la chica.

—En primer lugar, dijo que era un verdadero crimen que el ejército lo hubiera dado de alta del hospital. Palabra. En definitiva, dijo a tu padre que hay una posibilidad, una posibilidad muy grande, dijo, de que Seymour pierda por completo la razón. Te lo juro.

—Aquí, en el hotel, hay un psiquiatra —dijo la chica.

—¿Quién? ¿Cómo se llama?

—No sé. Rieser o algo así. Dicen que es un psiquiatra muy bueno.

—Nunca lo he oído nombrar.

—De todos modos, dicen que es muy bueno.

—Muriel, por favor, no seas inconsciente. Estamos muy preocupados por ti. Lo cierto es que... anoche tu padre estuvo a punto de enviarte un telegrama para que volvieras inmediatamente a casa...

—Por ahora no pienso volver, mamá. Así que tómalo con calma...

—Muriel, te doy mi palabra. El doctor Sivetski ha dicho que Seymour podía perder por completo la...

—Mamá, acabo de llegar. Hace años que no me tomo vacaciones, y no pienso meter todo en la maleta y volver a casa porque sí —dijo la chica—. Por otra parte, ahora no podría viajar. Estoy tan quemada por el sol que ni me puedo mover.

—¿Te has quemado mucho? ¿No has usado ese bronceador que te puse en la maleta? Está...

—Lo usé. Pero me quemé lo mismo.

—¡Qué horror! ¿Dónde te has quemado?

—Me he quemado toda, mamá, toda.

—¡Qué horror!

—No me voy a morir.

—Dime, ¿has hablado con ese psiquiatra?

—Bueno... sí... más o menos... —dijo la chica.

—¿Qué dijo? ¿Dónde estaba Seymour cuando le hablaste?

—En la Sala Océano, tocando el piano. Ha tocado el piano las dos noches que hemos pasado aquí.

—Bueno, ¿qué dijo?

—¡Oh, no mucho! ¡Él fue el primero en hablar. Yo estaba sentada anoche a su lado, jugando al bingo, y me preguntó si el que tocaba el piano en la otra sala era mi marido. Le dije que sí, y me preguntó si Seymour había estado enfermo o algo por el estilo. Entonces yo le dije...

—¿Por qué te hizo esa pregunta?

—No sé, mamá. Tal vez porque lo vio tan pálido, y yo qué sé —dijo la chica—. La cuestión es que, después de jugar al bingo, él y su mujer me invitaron a tomar una copa. Y yo acepté. La mujer es espantosa. ¿Te acuerdas de aquel vestido de noche tan horrible que vimos en el escaparate de Bonwit? Aquel vestido que tú dijiste que para llevarlo había que tener un pequeño, pequeñísimo...

—¿El verde?

—Lo llevaba puesto. ¡Con unas cadenas...! Se pasó el rato preguntándome si Seymour era pariente de esa Suzanne Glass que tiene una tienda en la avenida Madison... la mercería...

—Pero ¿qué dijo él? El médico.

—Ah, sí... Bueno... en realidad, no dijo mucho. Sabes, estábamos en el bar. Había mucho barullo.

—Sí, pero... ¿le... le dijiste lo que trató de hacer con el sillón de la abuela?

—No, mamá. No entré en detalles —dijo la chica—. Seguramente podré hablar con él de nuevo. Se pasa todo el día en el bar.

—¿No dijo si había alguna posibilidad de que pudiera ponerse... ya sabes, raro, o algo así...? ¿De que pudiera hacerte algo...?

—En realidad, no —dijo la chica—. Necesita conocer más detalles, mamá. Tienen que saber todo sobre la infancia de uno... todas esas cosas. Ya te digo, había tanto ruido que apenas podíamos hablar.

—En fin. ¿Y tu abrigo azul?

—Bien. Le subí un poco las hombreras.

—¿Cómo es la ropa este año?

—Terrible. Pero preciosa. Con lentejuelas por todos lados.

—¿Y tu habitación?

—Está bien. Pero nada más que eso. No pudimos conseguir la habitación que nos daban antes de la guerra —dijo la chica—. Este año la gente es espantosa. Tendrías que ver a los que se sientan al lado nuestro en el comedor. Parece que hubieran venido en un camión.

—Bueno, en todas partes es igual. ¿Y tu vestido de baile?

—Demasiado largo. Te dije que era demasiado largo.

—Muriel, te lo voy a preguntar una vez más... ¿En serio, va todo bien?

—Sí, mamá —dijo la chica—. Por enésima vez.

—¿Y no quieres volver a casa?

—No, mamá.

—Tu padre dijo anoche que estaría encantado de pagarte el viaje si quisieras irte sola a algún lado y pensarlo bien. Podrías hacer un hermoso crucero. Los dos pensamos...

—No, gracias —dijo la chica, y descruzó las piernas—. Mamá, esta llamada va a costar una for...

—Cuando pienso cómo estuviste esperando a ese muchacho durante toda la guerra... quiero decir, cuando una piensa en esas esposas alocadas que...

—Mamá —dijo la chica—. Colguemos. Seymour puede llegar en cualquier momento.

—¿Dónde está?

—En la playa.

—¿En la playa? ¿Solo? ¿Se porta bien en la playa?

—Mamá —dijo la chica—. Hablas de él como si fuera un loco furioso.

—No he dicho nada de eso, Muriel.

—Bueno, ésa es la impresión que das. Mira, todo lo que hace es estar tendido en la arena. Ni siquiera se quita el albornoz.

—¿Que no se quita el albornoz? ¿Por qué no?

—No lo sé. Tal vez porque tiene la piel tan blanca.

—Dios mío, necesita tomar sol. ¿Por qué no lo obligas?

—Lo conoces muy bien —dijo la chica, y volvió a cruzar las piernas—. Dice que no quiere tener un montón de imbéciles alrededor mirándole el tatuaje.

—¡Si no tiene ningún tatuaje! ¿O acaso se hizo tatuar cuando estaba en la guerra?

—No, mamá. No, querida —dijo la chica, y se puso de pie—. Escúchame, a lo mejor te llamo otra vez mañana.

—Muriel, hazme caso.

—Sí, mamá —dijo la chica, cargando su peso sobre la pierna derecha.

—Llámame en cuanto haga, o diga, algo raro..., ya me entiendes. ¿Me oyes?

—Mamá, no le tengo miedo a Seymour.

—Muriel, quiero que me lo prometas.

—Bueno, te lo prometo. Adiós, mamá —dijo la chica—. Besos a papá —y colgó.

—Ver más vidrio[1] —dijo Sybil Carpenter, que estaba alojada en el hotel con su madre—. ¿Has visto más vidrio?

—Cariño, por favor, no sigas repitiendo eso. Vas a volver loca a mamaíta. Estáte quieta, por favor.

La señora Carpenter untaba la espalda de Sybil con bronceador, repartiéndolo sobre sus omóplatos, delicados como alas. Sybil estaba precariamente sentada sobre una enorme y tensa pelota de playa, mirando el océano. Llevaba un traje de baño de color amarillo canario, de dos piezas, una de las cuales en realidad no necesitaría hasta dentro de nueve o diez años.

—No era más que un simple pañuelo de seda... una podía darse cuenta cuando se acercaba a mirarlo —dijo la mujer sentada en la hamaca contigua a la de la señora Carpenter—. Ojalá supiera cómo lo anudó. Era una preciosidad.

—Por lo que dice, debía de ser precioso —asintió la señora Carpenter.

—Estáte quieta, Sybil, cariño...

—¿Viste más vidrio? —dijo Sybil.

La señora Carpenter suspiró.

—Muy bien —dijo. Tapó el frasco de bronceador—. Ahora vete a jugar, cariño. Mamaíta va a ir al hotel a tomar un martini con la señora Hubbel. Te traeré la aceituna.

Cuando estuvo libre, Sybil echó a correr inmediatamente por el borde firme de la playa hacia el Pabellón de los Pescadores. Se detuvo únicamente para hundir un pie en un castillo de arena inundado y derruido, y en seguida dejó atrás la zona reservada a los clientes del hotel.

Caminó cerca de medio kilómetro y de pronto echó a correr oblicuamente, alejándose del agua hacia la arena blanda. Se detuvo al llegar junto a un hombre joven que estaba echado de espaldas.

---

[1] Aquí la niña se refiere a Seymour Glass (pronunciado *símor-glas*) cuyo nombre confunde con las palabras *see more glass* (ver más vidrio), por su casi idéntica pronunciación. *(N. de la T.)*

—¿Vas a ir al agua, ver más vidrio? —dijo.

El joven se sobresaltó, llevándose instintivamente la mano derecha a las solapas del albornoz. Se volvió boca abajo, dejando caer una toalla enrollada como una salchicha que tenía sobre los ojos, y miró de reojo a Sybil.

—¡Ah!, hola, Sybil.

—¿Vas a ir al agua?

—Te esperaba —dijo el joven—. ¿Qué hay de nuevo?

—¿Qué? —dijo Sybil.

—¿Qué hay de nuevo? ¿Qué programa tenemos?

—Mi papá llega mañana en un avión —dijo Sybil, tirándole arena con el pie.

—No me tires arena a la cara, niña —dijo el joven, cogiendo con una mano el tobillo de Sybil—. Bueno, ya era hora de que tu papi llegara. Lo he estado esperando horas. Horas.

—¿Dónde está la señora? —dijo Sybil.

—¿La señora? —el joven hizo un movimiento, sacudiéndose la arena del pelo ralo—. Es difícil saberlo, Sybil. Puede estar en miles de lugares. En la peluquería. Tiñéndose el pelo de color visón. O en su habitación, haciendo muñecos para los niños pobres.

Se puso boca abajo, cerró los dos puños, apoyó uno encima del otro y acomodó el mentón sobre el de arriba.

—Pregúntame algo más, Sybil —dijo—. Llevas un bañador muy bonito. Si hay algo que me gusta, es un bañador azul.

Sybil lo miró asombrada y después contempló su prominente barriga.

—Es amarillo —dijo—. Es amarillo.

—¿En serio? Acércate un poco más.

Sybil dio un paso adelante.

—Tienes toda la razón del mundo. Qué tonto soy.

—¿Vas a ir al agua? —dijo Sybil.

—Lo estoy considerando seriamente, Sybil. Lo estoy pensando muy en serio.

Sybil hundió los dedos en el flotador de goma que el joven usaba a veces como almohadón.

—Necesita aire —dijo.

—Es verdad. Necesita más aire del que estoy dispuesto a admitir —retiró los puños y dejó que el mentón descansara en la arena—. Sybil —dijo—, estás muy guapa. Da gusto verte. Cuéntame algo de ti —estiró los brazos hacia delante y tomó en sus manos los dos tobillos de Sybil—. Yo soy capricornio. ¿Cuál es tu signo?

—Sharon Lipschutz dijo que la dejaste sentarse a tu lado en el taburete del piano —dijo Sybil.

—¿Sharon Lipschutz dijo eso?

Sybil asintió enérgicamente. Le soltó los tobillos, encogió los brazos y apoyó la mejilla en el antebrazo derecho.

—Bueno —dijo—. Tú sabes cómo son estas cosas, Sybil. Yo estaba sentado ahí, tocando. Y tú te habías perdido de vista totalmente y vino Sharon Lipschutz y se sentó a mi lado. No podía echarla de un empujón, ¿no es cierto?

—Sí que podías.

—Ah, no. No era posible. Pero ¿sabes lo que hice?

—¿Qué?

—Me imaginé que eras tú.

Sybil se agachó y empezó a cavar en la arena.

—Vayamos al agua —dijo.

—Bueno —replicó el joven—. Creo que puedo hacerlo.

—La próxima vez, échala de un empujón —dijo Sybil.

—¿Que eche a quién?

—A Sharon Lipschutz.

—Ah, Sharon Lipschutz —dijo él—. ¡Siempre ese nombre! Mezcla de recuerdos y deseos. —De repente se puso de pie y miró el mar—. Sybil —dijo—, ya sé lo que podemos hacer. Intentaremos pescar un pez plátano.

—¿Un qué?

—Un pez plátano —dijo, y desanudó el cinturón de su albornoz.

Se lo quitó. Tenía los hombros blancos y estrechos. El

traje de baño era azul eléctrico. Plegó el albornoz, primero a lo largo y después en tres dobleces. Desenrolló la toalla que se había puesto sobre los ojos, la tendió sobre la arena y puso encima el albornoz plegado. Se agachó, recogió el flotador y se lo puso bajo el brazo derecho. Luego, con la mano izquierda, tomó la de Sybil.

Los dos echaron a andar hacia el mar.

—Me imagino que ya habrás visto unos cuantos peces plátano —dijo el joven.

Sybil negó con la cabeza.

—¿En serio que no? Pero, ¿dónde vives, entonces?

—No sé —dijo Sybil.

—Claro que lo sabes. Tienes que saberlo. Sharon Lipschutz sabe dónde vive, y sólo tiene tres años y medio.

Sybil se detuvo y de un tirón soltó su mano de la de él. Recogió una concha y la observó con estudiado interés. Luego la tiró.

—Whirly Wood, Connecticut —dijo, y echó nuevamente a andar, sacando la barriga.

—Whirly Wood, Connecticut —dijo el joven—. ¿Eso, por casualidad, no está cerca de Whirly Wood, Connecticut?

Sybil lo miró:

—Ahí es donde vivo —dijo con impaciencia—. Vivo en Whirly Wood, Connecticut.

Se adelantó unos pasos, se cogió el pie izquierdo con la mano izquierda y dio dos o tres saltos.

—No puedes imaginarte cómo lo aclara todo eso —dijo él.

Sybil soltó el pie:

—¿Has leído *El negrito Sambo?* —dijo.

—Es gracioso que me preguntes eso —dijo él—. Da la casualidad que acabé de leerlo anoche. —Se inclinó y volvió a tomar la mano de Sybil—. ¿Qué te pareció?

—¿Te acuerdas de los tigres que corrían todos alrededor de ese árbol?

—Creí que nunca iban a parar. Jamás vi tantos tigres.

—No eran más que seis —dijo Sybil.

—¡Nada más que seis! —dijo el joven—. ¿Y dices «nada más»?

—¿Te gusta la cera? —preguntó Sybil.

—¿Si me gusta qué?

—La cera.

—Mucho. ¿A ti no?

Sybil asintió con la cabeza:

—¿Te gustan las aceitunas? —preguntó.

—¿Las aceitunas?... Sí. Las aceitunas y la cera. Nunca voy a ningún lado sin ellas.

—¿Te gusta Sharon Lipschutz? —preguntó Sybil.

—Sí. Sí me gusta. Lo que más me gusta de ella es que nunca hace cosas feas a los perritos en la sala del hotel. Por ejemplo, a ese bulldog enano de la señora canadiense. Te resultará difícil creerlo, pero hay algunas niñas que se divierten mucho pinchándolo con los palitos de los globos. Pero Sharon, jamás. Nunca es mala ni grosera. Por eso la quiero tanto.

Sybil no dijo nada.

—Me gusta masticar velas —dijo ella por último.

—Ah, ¿y a quién no? —dijo el joven mojándose los pies—. ¡Diablos, qué fría está! —Dejó caer el flotador en el agua—. No, espera un segundo, Sybil. Espera a que estemos un poquito más adentro.

Avanzaron hasta que el agua llegó a la cintura de Sybil. Entonces el joven la levantó y la puso boca abajo en el flotador.

—¿Nunca usas gorro de baño ni nada de eso? —preguntó él.

—No me sueltes —dijo Sybil—. Sujétame, ¿quieres?

—Señorita Carpenter, por favor. Yo sé lo que estoy haciendo —dijo el joven—. Ocúpate sólo de ver si aparece un pez plátano. Hoy es un día perfecto para los peces plátano.

—No veo ninguno —dijo Sybil.

—Es muy posible. Sus costumbres son muy curiosas. Muy curiosas.

Siguió empujando el flotador. El agua le llegaba al pecho.

—Llevan una vida triste —dijo—. ¿Sabes lo que hacen, Sybil?

Ella negó con la cabeza.

—Bueno, te lo explicaré. Entran en un pozo que está lleno de plátanos. Cuando entran, parecen peces como todos los demás. Pero, una vez dentro, se portan como cerdos, ¿sabes? He oído hablar de peces plátano que han entrado nadando en pozos de plátanos y llegaron a comer setenta y ocho plátanos —empujó al flotador y a su pasajera treinta centímetros más hacia el horizonte—. Claro, después de eso engordan tanto que ya no pueden salir. No pasan por la puerta.

—No vayamos tan lejos —dijo Sybil—. ¿Y qué pasa después con ellos?

—¿Qué pasa con quiénes?

—Con los peces plátano.

—Bueno, ¿te refieres a después de comer tantos plátanos que no pueden salir del pozo?

—Sí —dijo Sybil.

—Mira, lamento decírtelo, Sybil. Se mueren.

—¿Por qué? —preguntó Sybil.

—Contraen fiebre platanífera. Una enfermedad terrible.

—Ahí viene una ola —dijo Sybil nerviosa.

—No le haremos caso. La mataremos con la indiferencia —dijo el joven—, como dos engreídos.

Tomó los tobillos de Sybil con ambas manos y empujó hacia delante. El flotador levantó la proa por encima de la ola. El agua empapó los cabellos rubios de Sybil, pero sus gritos eran de puro placer.

Cuando el flotador estuvo nuevamente inmóvil, se apartó de los ojos un mechón de pelo pegado, húmedo, y comentó:

—Acabo de ver uno.

—¿Un qué, amor mío?

—Un pez plátano.

—¡No, por Dios! —dijo el joven—. ¿Tenía algún plátano en la boca?

—Sí —dijo Sybil—. Seis.

De pronto, el joven tomó uno de los mojados pies de Sybil que colgaban por el borde del flotador y le besó la planta.

—¡Eh! —dijo la propietaria del pie, volviéndose.

—¿Cómo, eh? Ahora volvamos. ¿Ya te has divertido bastante?

—¡No!

—Lo siento —dijo, y empujó el flotador hacia la playa hasta que Sybil descendió. El resto del camino lo llevó bajo el brazo.

—Adiós —dijo Sybil, y salió corriendo hacia el hotel.

El joven se puso el albornoz, cruzó bien las solapas y metió la toalla en el bolsillo. Recogió el flotador mojado y resbaladizo y se lo acomodó bajo el brazo. Caminó solo, trabajosamente, por la arena caliente, blanda, hasta el hotel.

En el primer nivel de la planta baja del hotel —que los bañistas debían usar según instrucciones de la gerencia— entró con él en el ascensor una mujer con la nariz cubierta de pomada.

—Veo que me está mirando los pies —dijo él, cuando el ascensor se puso en marcha.

—¿Cómo dice? —dijo la mujer.

—Dije que veo que me está mirando los pies.

—Perdone, pero casualmente estaba mirando el suelo —dijo la mujer, y se volvió hacia las puertas del ascensor.

—Si quiere mirarme los pies, dígalo —dijo el joven—. Pero, maldita sea, no trate de hacerlo con tanto disimulo.

—Déjeme salir, por favor —dijo rápidamente la mujer a la ascensorista.

Cuando se abrieron las puertas, la mujer salió sin mirar hacia atrás.

—Tengo los pies completamente normales y no veo por qué demonios tienen que mirármelos —dijo el joven—. Quinto piso, por favor.

Sacó la llave de la habitación del bolsillo de su albornoz.

Bajó en el quinto piso, caminó por el pasillo y abrió la puerta del 507. La habitación olía a maletas nuevas de piel de ternera y a quitaesmalte de uñas.

Echó una ojeada a la chica que dormía en una de las camas gemelas. Después fue hasta una de las maletas, la abrió y extrajo una automática de debajo de un montón de calzoncillos y camisetas, una Ortgies calibre 7,65. Sacó el cargador, lo examinó y volvió a colocarlo. Quitó el seguro. Después se sentó en la cama desocupada, miró a la chica, apuntó con la pistola y se disparó un tiro en la sien derecha.

El tío Wiggily en Connecticut

Eran casi las tres cuando Mary Jane encontró por fin la casa de Eloise. Le contó a Eloise, quien había salido a recibirla, que todo había resultado perfecto, que se había acordado exactamente del camino hasta que dejó la autopista de Merrick. Eloise dijo: «Autopista Merritt, nena», y le recordó que en dos ocasiones anteriores ya había encontrado la casa; pero Mary Jane se limitó a gemir algo en forma ambigua, algo referente a su caja de kleenex, y corrió otra vez hacia su descapotable. Eloise levantó el cuello de su abrigo de pelo de camello, se puso de espaldas al viento y esperó. Mary Jane volvió en seguida, usando un kleenex y todavía con aire de estar preocupada, e incluso angustiada. Eloise dijo alegremente que se había quemado toda la comida —las mollejas, todo—, pero Mary Jane dijo que de todas maneras había comido en el camino. Mientras las dos caminaban hacia la casa, Eloise preguntó a Mary Jane por qué le habían dado el día libre. Mary Jane dijo que no tenía todo el día libre, sino que el señor Weyinburg se había herniado y se había quedado en su casa de Larchmont,

y todas las tardes ella debía llevarle la correspondencia y
traer alguna que otra carta para despachar. Le preguntó a
Eloise:

—¿Qué es una hernia, exactamente?

Eloise dejó caer el cigarrillo sobre la nieve sucia y dijo
que en realidad no lo sabía, pero que Mary Jane no tenía
que preocuparse por la posibilidad de herniarse, no era
contagioso. Mary Jane dijo: «Oh», y las dos chicas entraron
en la casa.

Veinte minutos después estaban terminando su primera
copa en el salón y conversaban de esa manera peculiar, y
probablemente única, de quienes han compartido alguna
vez un cuarto en la universidad. El vínculo entre ellas era
aún más estrecho: ninguna de las dos se había licenciado.
Eloise había abandonado los estudios a mitad del segundo
año, en 1942, una semana después de que la encontraran
encerrada con un soldado en un ascensor, en el tercer piso
de la residencia de estudiantes. Mary Jane había dejado la
misma clase, el mismo año, prácticamente el mismo mes,
para casarse con un cadete de aviación destinado en Jack-
sonville, Florida. Un muchacho delgado, interesado por
los aviones, procedente de Dill, Misisipí, que había pasado dos de los tres meses que duró su matrimonio con Mary
Jane en el calabozo por haber acuchillado a un policía militar.

—No —decía Eloise—. En realidad, era pelirroja.
—Estaba echada en el sofá, con las piernas (delgadas pero
muy bonitas) cruzadas a la altura de los tobillos.

—Yo había oído decir que era rubia —repitió Mary
Jane. Estaba sentada en un sillón azul—. Esa comosellame
juró por todos los santos que era rubia.

—No. En absoluto —Eloise bostezó—. Cuando se tiñó
el pelo yo prácticamente estaba en el cuarto con ella. ¿Qué
pasa? ¿No hay cigarrillos?

—No pasa nada. Tengo un paquete entero —dijo Mary
Jane—. En alguna parte —y rebuscó en su bolso.

—Esta criada imbécil —dijo Eloise sin moverse del diván—. Dejé justo delante de sus narices dos cartones de cigarrillos hace más o menos una hora. En cualquier mo-

mento aparecerá para preguntarme qué tiene que hacer con ellos. ¿De qué diablos hablábamos?

—De Thieringer —le recordó Mary Jane, mientras encendía uno de sus cigarrillos.

—Ah, sí. Me acuerdo perfectamente. Se lo tiñó la noche antes de casarse con ese Frank Henke. ¿Te acuerdas de él, por casualidad?

—Más o menos. ¿Era soldado raso? ¿Sin el más mínimo atractivo?

—¿Sin atractivo? ¡Por Dios! Parecía un Bela Lugosi con la cara sucia.

Mary Jane echó la cabeza hacia atrás y estalló en carcajadas.

—Maravilloso —dijo, recobrando la posición adecuada para beber.

—Dame tu vaso —dijo Eloise. Se puso de pie—. ¡Qué bruta! Hice de todo menos obligar a Lew a que le hiciera la corte para que viniera aquí con nosotras. Ahora me arrepiento... ¿De dónde has sacado eso?

—¿Esto? —dijo Mary Jane, tocando un camafeo que llevaba en el pecho—. Pero si ya lo llevaba en la universidad. Era de mamá.

—Dios mío —dijo Eloise con el vaso vacío en la mano—. Yo no tengo ni una mísera porquería de recuerdo. Si la madre de Lew se muere alguna vez, ¡ja, ja!, probablemente me dejará alguna pinza para hielo con iniciales o algo por el estilo.

—¿Cómo te llevas con ella últimamente?

—No hagas chistes —dijo Eloise dirigiéndose a la cocina.

—Ésta sí que es la última copa que tomo —le gritó Mary Jane.

—¡Ni hablar! ¿Quién llamó a quién? ¿Y quién llegó con dos horas de retraso? Tú te quedas aquí hasta que me canse de verte. Al diablo con tu asqueroso trabajo.

Nuevamente Mary Jane echó su cabeza hacia atrás y volvió a reír, pero Eloise ya había desaparecido en la cocina. Incómoda al hallarse a solas en la sala, Mary Jane se incorporó y fue hasta la ventana. Descorrió la cortina y apoyó un antebrazo en uno de los travesaños entre los cristales, pero, al notar que estaba sucio, retiró el brazo, se frotó la muñeca con la otra mano para limpiarla y se puso más erguida. Fuera, la nieve sucia medio derretida se convertía rápidamente en hielo. Mary Jane corrió la cortina y regresó al sillón azul, pasando entre dos bibliotecas repletas de libros sin dignarse mirar ninguno de los títulos. Una vez sentada, abrió el bolso y se miró los dientes en el espejito. Cerró la boca, deslizó la lengua con fuerza sobre los dientes superiores y volvió a mirarse.

—Está cayendo una buena helada —dijo, volviéndose—. ¡Qué poco has tardado! ¿No le has puesto soda?

Eloise, con un vaso lleno en cada mano, se detuvo de pronto. Extendió los dos dedos índices a modo de revólver y dijo:

—¡Que nadie se mueva! Tengo rodeado todo este maldito lugar.

Mary Jane se echó a reír y guardó el espejito.

Eloise se adelantó con los vasos. Con cierta inseguridad, puso el de Mary Jane en un posavasos, pero conservó el suyo en la mano. Se echó de nuevo en el diván.

—¿Qué crees que está haciendo en la cocina? —dijo—. Está sentada sobre su gran trasero negro leyendo *El manto sagrado*. Al sacar las cubetas del hielo se me cayeron. Me miró realmente fastidiada.

—Éste es el último. Lo digo en serio —dijo Mary Jane, cogiendo su vaso—. Ah, escúchame. ¿Sabes a quién vi la semana pasada, en la planta baja de Lord & Taylor's?

—Ya sé —dijo Eloise, acomodando un almohadón debajo de la cabeza—. A Akim Tamiroff.

—¿Quién? —dijo Mary Jane—. ¿Quién es?

—Akim Tamiroff. Trabaja en el cine. Siempre dice: «¡Qué divertido!»... Me encanta... En toda esta casa no hay un solo almohadón soportable... ¿A quién viste?

—A Jackson. Estaba...

—¿Cuál de ellas?

—No sé. La que estaba en la clase de psicología con nosotras, que siempre...

—La dos estaban en la clase de psicología.

—Bueno. La que tenía un tremendo...

—Marcia Louise. Yo también me encontré con ella una vez. ¿Habló hasta por los codos?

—¡Ay, Dios!, sí. Pero ¿sabes qué me dijo, además? Que había muerto la doctora Whiting. Me dijo que Barbara Hill le había escrito contándole que Whiting se había muerto de cáncer el verano pasado. Dijo que pesaba menos de treinta kilos al morir. ¿No es horrible?

—No.

—Eloise, te estás volviendo más dura que una piedra.

—Bueno, ¿qué más dijo?

—Acababa de regresar de Europa. A su marido lo habían destinado a Alemania o algo parecido y ella se fue con él. Dijo que tenían una casa de cuarenta habitaciones, que compartían sólo con otra pareja y unos diez sirvientes. Tenía su propio caballo y el caballerizo había sido el maestro de equitación de Hitler, o algo así. Ah, y empezó a contarme que casi la viola un soldado negro. Empezó a contármelo justo en la planta baja de Lord & Taylor's; tú sabes cómo es Jackson. Dijo que había sido el chófer de su marido, una mañana cuando la llevaba al mercado, o algo por el estilo. Dijo que se asustó tanto que ni siquiera...

—Espera un segundo —Eloise levantó la cabeza y la voz—. Ramona, ¿eres tú?

—Sí —contestó una vocecita de niña.

—Por favor, cierra la puerta al entrar —gritó Eloise.

—¿Es Ramona? Me muero de ganas de verla. No la he visto desde que tuvo la...

—Ramona —gritó Eloise con los ojos cerrados—. Ve a la cocina y dile a Grace que te quite las botas de agua.

—Bueno —dijo Ramona—. Vamos, Jimmy.

—Me muero por verla —dijo Mary Jane—. ¡Oh, Dios! Mira lo que he hecho. Lo siento muchísimo, Elo.

—Deja. Déjalo —dijo Eloise—. Odio esta asquerosa alfombra, no te preocupes. Te serviré otro trago.

—No, mira, ¡me queda más de la mitad! —Mary Jane levantó su vaso.

—¿Seguro? —dijo Eloise—. Dame un cigarrillo.

Mary Jane le alargó su paquete de cigarrillos.

—Me muero de ganas de verla. ¿ A quién se parece ahora?

Eloise encendió una cerilla.

—A Akim Tamiroff.

—No, en serio.

—A Lew. Se parece a él. Cuando viene la madre, los tres parecen trillizos. —Eloise, sin incorporarse, tomó una pila de ceniceros de la mesa baja, cogió con habilidad el cenicero que estaba encima del montón y lo depositó sobre su abdomen—. A mí me hace falta un cocker spaniel o algo así —dijo—. Alguien que se me parezca.

—¿Cómo anda de la vista? —preguntó Mary Jane—. No la tendrá peor ni nada de eso, ¿verdad?

—No. Que yo sepa, por lo menos.

—¿Ve algo sin las gafas? Quiero decir, si tiene que levantarse de noche para ir al baño o algo así.

—No se lo cuenta a nadie. Está llena de secretos.

Mary Jane giró en su sillón.

—¡Hola, Ramona! —dijo. ¡Qué bonito vestido! —dejó su vaso en una mesita—. Apuesto a que ni siquiera te acuerdas de mí, ¿eh, Ramona?

—Claro que se acuerda. ¿Quién es la señora, Ramona?

—Mary Jane —dijo Ramona, y se rascó.

—¡Maravilloso! —dijo Mary Jane—. ¿Me das un besito, Ramona?

—Termina de rascarte—dijo Eloise.

Ramona dejó de rascarse.

—No me gusta dar besitos.

Eloise hizo un resoplido impaciente y preguntó:

—¿Dónde está Jimmy?

—Aquí está.

—¿Quién es Jimmy? —preguntó entonces Mary Jane a Eloise.

—¡Oh! Su novio. Va a donde va ella. Hace lo que ella hace. Todo de lo más divertido.

—¿Es verdad? —dijo Mary Jane entusiasmada. Se inclinó hacia delante—. ¿Tienes un novio, Ramona?

Los ojos miopes de Ramona, detrás de los gruesos cristales, no reflejaron ni una mínima parte del entusiasmo de Mary Jane.

—Mary Jane te ha hecho una pregunta, Ramona —dijo Eloise.

Ramona metió un dedo en su pequeña y chata nariz.

—No hagas eso —dijo Eloise—. Mary Jane te ha preguntado si tienes novio.

—Sí —dijo Ramona, con el dedo todavía en la nariz.

—Ramona —dijo Eloise—, basta ya. Ahora mismo.

Ramona bajó la mano.

—Bueno, me parece maravilloso —dijo Mary Jane—. ¿Cómo se llama? ¿Me dices cómo se llama, Ramona? ¿O es un secreto muy importante?

—Jimmy —dijo Ramona.

—¿Jimmy? ¡Ah, me encanta el nombre! ¿Jimmy qué, Ramona?

—Jimmy Jimmereeno —dijo Ramona.

—Quieta —dijo Eloise.

—¡Bueno! Todo un nombre. ¿Dónde está Jimmy? ¿Me lo dices, Ramona?

—Aquí —dijo Ramona.

Mary Jane miró a su alrededor y luego otra vez a Ramona, sonriendo en la forma más simpática posible.

—¿Aquí dónde, querida?

—Aquí —dijo Ramona—. Le estoy dando la mano.

—No entiendo —dijo Mary Jane a Eloise, que estaba terminando su vaso.

—A mí no me mires —dijo Eloise.

Mary Jane miró nuevamente a Ramona.

—Ah, ya veo, Jimmy es un chico de mentira. Maravilloso —Mary Jane se inclinó cordialmente hacia delante—. ¿Cómo te va, Jimmy? —dijo.

—Él no te hablará —dijo Eloise—. Ramona, cuéntale a Mary Jane algo sobre Jimmy.

—¿Que le cuente qué?

—Erguida, por favor... Dile a Mary Jane cómo es Jimmy.

—Tiene ojos verdes y pelo negro.

—¿Qué más?
—No tiene papá ni mamá.
—¿Qué más?
—No tiene pecas.
—¿Qué más?
—Tiene una espada.
—¿Qué más?
—No sé —dijo Ramona, y empezó a rascarse de nuevo.
—¡Parece encantador! —dijo Mary Jane, y se inclinó aún más hacia delante en su silla—. Ramona... dime... ¿Jimmy también se quitó las botas de agua al entrar?
—Tiene botas —dijo Ramona.
—Maravilloso —dijo Mary Jane a Eloise.
—Eso es lo que tú crees. Yo tengo que soportarlo todo el día. Jimmy come con ella. Se baña con ella. Duerme con ella. Ella duerme en un lado de la cama para no aplastarlo cuando se da la vuelta.
Como absorta y encantada con esa información, Mary Jane se mordió el labio inferior y después lo soltó para preguntar:
—Y, ese nombre ¿de dónde lo ha sacado?
—¿Jimmy Jimmereeno? Dios sabe.
—Tal vez de algún chico de la vecindad.
Bostezando, Eloise movió la cabeza:
—No hay chicos por aquí. Ni chicos ni chicas. Por detrás me llaman Fanny la Fértil...
—Mamá —dijo Ramona—, ¿puedo salir a jugar?
Eloise la miró.
—Acabas de llegar —le dijo.
—Jimmy quiere salir otra vez.
—¿Se puede saber por qué?
—Se olvidó la espada fuera.
—Oh, él y su maldita espada —dijo Eloise—. Bueno. Está bien. Ponte otra vez las botas.
—¿Puedo coger esto? —dijo Ramona, tomando un fósforo quemado del cenicero.
—Sí, puedes cogerlo. Y, por favor, no andes por la calle.

—¡Adiós, Ramona! —dijo Mary Jane con voz canta-rina.

—Adiós —dijo Ramona—. Vamos, Jimmy.

De repente, Eloise se puso de pie.

—Dame tu vaso —dijo.

—No, Elo, en serio. Ya tendría que estar en Larch-mont. El señor Weyinburg es tan amable, que no me gusta...

—Llámalo. Dile que te has muerto. Suelta ese maldito vaso.

—No, en serio, Elo. Está cayendo una helada horri-ble. El coche casi no tiene anticongelante. Es que si yo no...

—Que se congele. Anda, llama. Dile que te has muerto —dijo Eloise—. Dame eso.

—Bueno... ¿dónde está el teléfono?

—Se fue... —dijo Eloise, llevando los vasos vacíos y yendo hacia el comedor— hacia ese lado —se detuvo en el umbral entre la sala y el comedor, hizo una contorsión y dio un salto. Mary Jane lanzó una risita.

—Lo que digo es que tú nunca conociste de veras a Walt —dijo Eloise a las cinco menos cuarto, acostada de espaldas en el suelo, con un vaso lleno en equilibrio sobre su pecho casi liso—. Fue el único muchacho que conocí capaz de hacerme reír. Te digo reír de veras —miró a Mary Jane—. ¿Te acuerdas de aquella noche, en nuestro último año, cuando la loca de Louise Hermanson entró corriendo en la habitación con un sostén negro que se ha-bía comprado en Chicago?

Mary Jane asintió riendo. Estaba acostada boca abajo en el sofá, con la cabeza apoyada en el brazo, frente a Eloise. Había dejado el vaso en el suelo, al alcance de la mano.

—Bueno, él podía hacerme reír así —dijo Eloise—. Cuando me hablaba. Incluso por teléfono. O cuando me escribía. Y lo bueno es que ni siquiera trataba de ser diver-tido... simplemente era divertido —volvió un poco la ca-beza hacia Mary Jane—. Oye, ¿quieres tirarme un cigarrillo?

—No alcanzo —dijo Mary Jane.

—Maldición —Eloise miró nuevamente hacia el techo—. Una vez —dijo— me caí. Acostumbraba a esperar en la parada del autobús, frente a la cantina del regimiento, y una vez llegó tarde, cuando el autobús ya se iba. Empezamos a correr y yo me caí y me hice daño en un tobillo. Dijo: «¡Pobre tío Wiggily!» Llamó «tío Wiggily» a mi tobillo. ¡Qué simpático era!

—¿Lew no tiene sentido del humor?

—¿Cómo? —preguntó Eloise.

—¿Que si Lew no tiene sentido del humor?

—¡Dios mío! ¡Cualquiera sabe? Sí, sopongo que sí. Se ríe de las historietas y de todas esas cosas. —Eloise alzó la cabeza, inclinó el vaso sobre el pecho y bebió.

—Bueno... —dijo Mary Jane—. Eso no es todo. Quiero decir que eso no lo es todo.

—¿Qué no es todo?

—Oh, bueno... la risa y todas esas cosas.

—¿Quién ha dicho que no? A menos que quieras convertirte en una monja o algo por el estilo, es mejor reírte, ¿no?

Mary Jane lanzó una risita:

—Eres terrible —dijo.

—¡Qué simpático era! —dijo Eloise—. Era divertido y cariñoso. Y no cariñoso como un chiquillo, nada de eso. Era cariñoso de una forma especial. ¿Sabes qué hizo una vez?

—Pues no.

—Fue un día que viajábamos en el tren que iba de Trenton a Nueva York, cuando lo acababan de incorporar al ejército. Hacía frío en el compartimiento y yo había puesto el abrigo así, sobre los dos. Me acuerdo de que llevaba la rebeca de Joyce Morrow. ¿Te acuerdas de aquella rebeca azul tan bonita que tenía Joyce?

Mary Jane asintió, pero Eloise ni siquiera miró para ver su respuesta.

—Bueno, él había puesto la mano sobre mi barriga, ¿te das cuenta? Bueno, de repente dijo que mi barriga era tan bonita que deseaba que viniera algún oficial y le ordenara sacar la otra mano por la ventanilla. Dijo que quería hacer lo que era justo. Después sacó la mano y le dijo al revisor que enderezara la espalda. Dijo que una cosa que no podía soportar era un hombre que no pareciera estar orgulloso de su uniforme. El revisor le dijo que siguiera durmiendo.

—Eloise se quedó un momento pensativa y añadió—: No era sólo lo que decía, sino cómo lo decía. ¿Me entiendes?

—¿Hablaste alguna vez de él a Lew? Quiero decir si le dijiste algo.

—Bueno —dijo Eloise—, una vez empecé a hacerlo. Pero lo primero que me preguntó fue qué grado tenía.

—¿Y qué grado tenía?

—¡Ja! —dijo Eloise.

—No, lo que quise decir...

De pronto Eloise se echó a reír con una risa que le salía de dentro.

—¿Sabes lo que dijo una vez? Dijo que tenía la sensación de que estaba progresando en el ejército, pero en una dirección distinta de los demás. Dijo que, cuando lo ascendieran por primera vez, en lugar de ponerle galones le iban a sacar las mangas del uniforme. Dijo que cuando llegara a general iba a ir completamente desnudo. Sólo usaría un botoncito de infantería en el ombligo —Eloise miró a Mary Jane, que seguía seria—. ¿No crees que es muy divertido?

—Sí. Pero ¿por qué no le cuentas todo eso a Lew alguna vez?

—¿Por qué? Porque es tonto, por eso —dijo Eloise—. Además... escúchame, chica de carrera... Si alguna vez te casas de nuevo, no le cuentes nada a tu marido. ¿Me oyes?

—¿Por qué? —dijo Mary Jane.

—Porque yo te lo digo, por eso —dijo Eloise—. A ellos les gusta pensar que nos pasábamos la vida vomitando cada vez que se nos acercaba un muchacho. Te lo digo en serio. Puedes contarle cosas, desde luego. Pero nunca la verdad. Nunca la verdad, en serio. Si le dices que una vez conociste a un chico guapo, tienes que decirle con el mismo tono que en realidad era demasiado guapo. Y si le cuentas que conociste a un chico inteligente, tienes que decirle que era un vivales o un sabelotodo. Si no lo haces, esgrimen contra ti al pobre chico cada vez que pueden —Eloise hizo una pausa para beber un trago y pensar—. Mira —dijo—, te escucharán como personas maduras y todo eso. Hasta pondrán cara de tipos endemoniadamente comprensivos. Pero no te dejes engañar. Créeme. Estás perdida si alguna vez piensas que tienen la menor comprensión. Palabra.

Mary Jane, que parecía deprimida, alzó la cabeza separando la barbilla del brazo del sofá. Para variar de postura, apoyó el mentón en el antebrazo. Meditó sobre los consejos de Eloise.

—No puedes decir que Lew sea tonto —dijo.

—¿Quién no puede?

—Quiero decir que es inteligente, ¿no? —replicó Mary Jane con ingenuidad.

—Oye —dijo Eloise—. ¿Para qué seguir con eso? Hablemos de otra cosa. No haría más que deprimirte. Mándame callar.

—Bueno, ¿por qué te casaste, entonces?

—¡Dios! No sé. No sé. Me dijo que tenía devoción por Jane Austen. Me explicó que sus libros eran interesantísimos. Eso fue exactamente lo que dijo. Después de casarnos descubrí que no había leído ninguno de sus libros. ¿Sabes quién es su autor favorito?

Mary Jane movió la cabeza.

—L. Manning Vines. ¿Lo has oído nombrar alguna vez?

—No, no.

—Yo tampoco. Ni nadie. Escribió un libro sobre cuatro hombres que se murieron de hambre en Alaska. Lew no recuerda cómo se llama, pero es el libro mejor escrito que haya leído en su vida. ¡Dios mío! Ni siquiera tiene la honradez de decir que le gustaba porque hablaba de cuatro hombres que se murieron de hambre en un iglú o algo así. Tenía que decir que estaba bien escrito.

—Eres demasiado severa... —dijo Mary Jane—. Demasiado crítica. A lo mejor era bueno...

—Te doy mi palabra de que no podía serlo —dijo Eloise. Recapacitó un momento y luego agregó—: Por lo menos, tú tienes un trabajo. Quiero decir que, por lo menos, tú...

—Pero escúchame —dijo Mary Jane—, ¿tampoco piensas decirle alguna vez que Walt murió en la guerra? Quiero decir que no podría ponerse celoso, ¿verdad?, si supiera que Walt está... bueno... muerto y todo eso.

—¡Oh, querida! ¡Pobre, inocente muchachita de carrera! —dijo Eloise—. Sería peor. Sería un profanador de tumbas. Lo único que sabe es que yo andaba con alguien llamado Walt, un soldado muy ocurrente, con mucha chispa. Lo último que yo haría sería decirle que lo mataron. Y, si tuviera que hacerlo, que no lo haría, pero si tuviera que hacerlo, le diría que murió en un combate.

Mary Jane adelantó el mentón un poco encima del antebrazo.

—Elo... —dijo.

—¿Humm?

—¿Por qué no me cuentas cómo la mataron? Te prometo que nunca se lo diré a nadie. En serio, cuéntame.

—No.

—Por favor. Lo juro. No se lo diré a nadie.

Eloise terminó su vaso y lo colocó de nuevo sobre su pecho.

—Se lo dirías a Akim Tamiroff —dijo.

—No, no se lo diría. Quiero decir que no se lo diría a....

—¡Oh! —dijo Eloise—. Su regimiento estaba acantonado en algún lugar. Según me dijo un amigo suyo que escribió, era entre batallas o algo así. Walt y otro muchacho estaban empaquetando una cocinita japonesa. Un coronel quería mandarla a su casa. O a lo mejor la estaban desempaquetando para envolverla mejor... No sé. La cuestión es que estaba llena de petróleo y otras porquerías y les estalló en la cara. El otro muchacho sólo perdió un ojo —Eloise empezó a llorar. Rodeó con la mano el vaso que tenía apoyado en el pecho para sostenerlo.

Mary Jane se deslizó del sofá, se acercó gateando a Eloise y empezó a acariciarle la frente.

—No llores, Elo. No llores.

—¿Quién está llorando? —dijo Eloise.

—Ya sé, pero no llores. No vale la pena.

Se abrió la puerta principal.

—Debe de ser Ramona, que vuelve —dijo Eloise con voz nasal—. Hazme un favor. Ve a la cocina y dile a aquélla que le dé la cena temprano. ¿Quieres?

—Bueno, siempre que me prometas no llorar.

—Te lo prometo. Anda. Ahora no tengo ganas de ir a esa maldita cocina.

Mary Jane se incorporó, perdiendo y recobrando el equilibrio, y salió del cuarto.

Dos minutos más tarde ya estaba de vuelta, precedida por Ramona, que entró corriendo con los pies de plano contra el suelo para que las botas hicieran todo el ruido posible.

—No me ha dejado quitarle las botas —dijo Mary Jane.

Eloise, todavía echada en el suelo, se estaba sonando. Habló sin retirar el pañuelo, dirigiéndose a Ramona.

—Ve y dile a Grace que te quite las botas. Sabes que no debes entrar en el...

—Está en el baño —dijo Ramona.

Eloise guardó el pañuelo y se irguió para sentarse.

—Dame el pie —dijo—. Por favor, siéntate primero. Ahí no... aquí, por Dios.

De rodillas, buscando los cigarrillos debajo de la mesa, Mary Jane dijo:

—Oye, adivina lo que le pasó a Jimmy.

—No tengo ni idea. El otro pie, el otro pie.

—Lo atropelló un coche —dijo Mary Jane—. ¿No es una tragedia?

—Vi a Skipper con un hueso en la boca —dijo Ramona a Eloise.

—¿Qué le pasó a Jimmy? —le preguntó Eloise.

—Lo aplastaron y se murió. Vi a Skipper con un hueso, y no...

—Déjame tocarte la frente —dijo Eloise. Extendió la mano y tocó la frente de Ramona—. Tienes un poco de fiebre. Anda y dile a Grace que te sirva la comida en tu cuarto. Después te vas directamente a la cama. Más tarde subiré yo. Anda ya, por favor. Toma, llévate esto.

Lentamente, a grandes zancadas, Ramona abandonó la habitación.

—Tírame uno —le dijo Eloise a Mary Jane—. Tomemos otra copa.

—Mary Jane le llevó un cigarrillo.

—¿No es maravilloso lo de Jimmy? ¡Qué imaginación!

—Humm. Sirve tú misma, ¿quieres? Trae la botella... yo no quiero ir hasta ahí. Toda esta maldita casa huele a jugo de naranja.

A las siete y cinco sonó el teléfono. Eloise dejó su asiento junto a la ventana y tanteó en la oscuridad buscando los zapatos. No pudo encontrarlos. Descalza, caminó con firmeza, casi lánguidamente, hasta el teléfono. El campanilleo no perturbó a Mary Jane, que dormía en el diván, boca abajo.

—Diga —dijo Eloise, sin encender la luz—. Escucha, no puedo ir a buscarte. Mary Jane está aquí. Tiene el coche estacionado justo delante de nuestra casa y no encuentra la llave. No puedo sacar el coche. Nos pasamos veinte minutos buscando la llave en, cómo se dice... la nieve y todo. A lo mejor consigues que Dick y Mildred te traigan. —Escuchó—. ¡Ah! Bueno; tendrás que aguantarme. ¿Por qué no formáis un batallón entre todos y os venís desfilando? Podríais decir eso de un-dos-tres-cuatro. Puedes ser el jefe. —Escuchó otra vez—. No estoy bromeando —dijo—. En serio. Soy así —y colgó.

Volvió a la sala caminando con un poco menos de seguridad. Una vez junto a la ventana, vertió lo que quedaba de whisky en el vaso. Era más o menos un dedo. Después de beberlo, se sentó estremeciéndose.

—Cuando Grace encendió la luz del comedor, Eloise se sobresaltó.

—Mejor que no sirva la cena hasta las ocho, Grace. El señor va a tardar un poco —le dijo sin levantarse.

Grace se dejó ver bajo la luz del comedor, pero no avanzó.

—¿Se fue la señora? —dijo.

—Está descansando.

—Ah —dijo Grace—. Señora Wengler, ¿mi marido podría pasar la noche aquí? En mi cuarto hay mucho sitio y él no tiene que estar en Nueva York mañana por la mañana, y hace tan mal tiempo fuera...

—¿Su marido? ¿Dónde está?

—En este momento —dijo Grace— está en la cocina.

—Está bien, pero me temo que no va a poder pasar la noche aquí, Grace.

—¿Cómo, señora?

—Dije que no va a poder pasar la noche aquí. Esto no es un hotel.

Grace se quedó inmóvil un momento y luego dijo:

—Sí, señora —y regresó a la cocina.

Eloise abandonó el comedor y subió la escalera, apenas iluminada por el reflejo que venía del comedor. Una de las botas de Ramona estaba en el rellano. Eloise la arrojó con todas sus fuerzas hacia abajo; golpeó violentamente contra el suelo del vestíbulo.

Encendió la luz en la habitación de Ramona y se apoyó en el interruptor como para no caerse. Se quedó un instante quieta observando a Ramona. Después soltó el interruptor y se dirigió rápidamente a la cama.

—Ramona. Despiértate, despiértate.

Ramona dormía apaciblemente a un lado, con la nalga derecha sobresaliendo del borde de la cama. Sus gafas estaban sobre la mesita de noche, con el Pato Donald, cuidadosamente plegadas, con las patillas hacia abajo.

—¡Ramona!

La niña se despertó con un profundo suspiro. Sus ojos se abrieron, pero se entrecerraron en seguida.

—¿Mami?

—¿No me dijiste que a Jimmy Jimmereeno lo aplastó un coche y lo mató?

—¿Cómo?

—Me has oído perfectamente —dijo Eloise—. ¿Por qué duermes tan al borde?

—Porque... —dijo Ramona.

—¿Por qué? Ramona, mira que no tengo ganas de...

—Porque no quiero hacer daño a Mickey.

—¿A quién?

—A Mickey —dijo Ramona, frotándose la nariz—. Mickey Mickeranno.

La voz de Eloise se transformó en un chillido.

—Ponte en el centro de la cama. Ahora mismo.

Ramona, muy asustada, se contentó con mirar a Eloise.

—Está bien.

Eloise cogió a Ramona por los tobillos y la llevó al medio de la cama. Ramona no forcejeó ni lloró; se dejó arrastrar pasivamente.

—Ahora, a dormir —dijo Eloise, respirando agitada—. Cierra los ojos... ¿Me oyes? Ciérralos.

Ramona cerró los ojos.

Eloise llegó hasta el interruptor y apagó la luz. Pero se quedó mucho tiempo de pie en el marco de la puerta. Después, bruscamente, corrió en la oscuridad hasta la mesita de noche; se golpeó la rodilla contra la pata de la cama, pero estaba demasiado decidida como para sentir dolor. Cogió las gafas de Ramona y, sosteniéndolas con ambas manos, las apretó contra su mejilla. Las lágrimas le rodaban por la cara, mojando los cristales.

—Pobre tío Wiggily —repitió varias veces. Por último, volvió a dejar las gafas en la mesita de noche, con los cristales hacia abajo.

Se inclinó, perdiendo el equilibrio, y empezó a acomodar las mantas de la cama de Ramona. Ramona estaba ahora despierta. Lloraba y se notaba que había estado llorando. Eloise le dio un beso húmedo en la boca, le retiró el pelo de los ojos y salió de la habitación.

Bajó la escalera, ahora tropezando unas cuantas veces, y despertó a Mary Jane.

—¿Qué pasa? ¿Quién? ¿Eh? —dijo Mary Jane, incorporándose de repente en el sofá.

—Mary Jane. Escúchame, por favor —dijo Eloise, llorando—. ¿Te acuerdas de nuestro primer año y de que yo tenía ese vestido marrón y amarillo que había comprado en Boise, y que Miriam Ball me dijo que en Nueva York nadie usaba vestidos como ésos, y yo lloré toda la noche? —Eloise sacudió el brazo de Mary Jane—. Yo era una buena chica —suplicó—. ¿No es cierto?

Justo antes de la guerra con los esquimales

Durante cinco sábados seguidos, por las mañanas, Ginnie Maddox había jugado al tenis en las pistas del East Side con Selena Graff, compañera suya en la clase de la señorita Basehaar. Ginnie pensaba francamente que Selena era la más boba de toda la clase —en la que abundaban ostensiblemente las bobas de marca mayor—, pero al mismo tiempo no había nadie como Selena para traer continuamente nuevas cajas de pelotas de tenis. Su padre las fabricaba, o algo por el estilo. (Una noche durante la cena, para ilustración de toda la familia Maddox, Ginnie había evocado la visión de una comida en casa de los Graff; la escena suponía un criado perfecto que servía a todos por la izquierda, aunque en lugar de un vaso de jugo de tomate dejaba una lata de pelotas de tenis.) Pero esta historia de dejar a Selena en su casa con un taxi después del tenis y luego cargar —en cada ocasión— con el pago de todo el importe del viaje, era algo que a Ginnie le estaba alterando los nervios. Después de todo, la idea de coger un taxi en lugar del autobús había sido de la propia Selena. Y ese quinto sábado, mientras el taxi arrancaba dirigiéndose hacia el norte por la avenida York, Ginnie dijo de pronto:

—Oye, Selena...

—¿Qué? —dijo Selena, ocupada en tantear con una mano el suelo del taxi—. ¡No encuentro la funda de mi raqueta! —se lamentó.

Pese a la templada temperatura de ese mes de mayo, las dos chicas llevaban abrigos sobre sus shorts.

—La guardaste en el bolsillo —dijo Ginnie—. Escúchame ahora...

—¡Oh, menos mal! ¡Me has salvado la vida!

—Oye —dijo Ginnie, a quien no le interesaba la gratitud de Selena.

—¿Qué?

Ginnie decidió ir al grano. El taxi se estaba acercando a la casa de Selena.

—No tengo ganas de cargar otra vez con el pago de todo el viaje —dijo—. No soy millonaria, ¿sabes?

Selena puso primero expresión de asombrada, después de ofendida:

—¿Acaso no pago siempre la mitad? —preguntó con ingenuidad.

—No —replicó Ginnie rotundamente—. Pagaste la mitad el primer sábado, a comienzos del mes pasado. Y desde entonces, nunca más. No quiero ser mezquina, pero estoy viviendo con cuatro dólares y medio por semana. Y de ahí tengo que...

—Yo siempre traigo las pelotas de tenis, ¿no es cierto? —preguntó Selena con tono desagradable.

A veces Ginnie sentía ganas de matar a Selena.

—Tu padre las fabrica o algo así —dijo—. No te cuestan nada. Yo no tengo que pagar hasta la más mínima cosa que...

—Está bien, está bien —dijo Selena levantando la voz y con un aire de suficiencia como para asegurarse la última palabra.

En forma displicente, se revisó los bolsillos del abrigo.

—Sólo tengo treinta y cinco centavos —dijo, fríamente—. ¿Es bastante?

—No. Lo siento, pero me debes un dólar sesenta y cinco. He llevado la cuenta de cada...

—Tendré que subir y pedírselo a mamá. ¿No puedes esperar hasta el lunes? Podría llevarte el dinero a la clase de gimnasia, si eso te hace más feliz.

La actitud de Selena no invitaba a la clemencia.

—No —dijo Ginnie—. Tengo que ir al cine esta noche. Necesito el dinero.

Sumidas en un silencio hostil, las dos chicas miraron por ventanillas opuestas hasta que el taxi se detuvo frente a la casa de Selena. Entonces Selena, sentada del lado de la acera, se bajó. Dejando apenas abierta la puerta del automóvil, caminó con vivacidad y soltura hasta el edificio, como si fuera una reina de Hollywood de visita. Ginnie, con la cara ardiendo, pagó el importe del viaje. Después recogió sus cosas de tenis —raqueta, toalla y sombrero para el sol— y fue detrás de Selena. A sus quince años, Ginnie medía alrededor de un metro setenta y cinco y su calzado de tenis era del número 40. Al entrar en el hall de la casa, su sensación de torpeza caminando sobre suelas de goma le daba un aire de oso. Selena juzgó preferible contemplar fijamente el indicador de pisos del ascensor.

—Ahora me debes un dólar noventa —dijo Ginnie, acercándose al ascensor con grandes zancadas.

Selena se dio la vuelta.

—Tal vez te interese saber —dijo— que mi madre está muy enferma.

—¿Qué le pasa?

—Prácticamente tiene pulmonía, y si te parece que me divierte molestarla sólo por un asunto de dinero... —Selena pronunció la frase incompleta con todo el aplomo posible.

A Ginnie esta información la desconcertó un poco, aunque no sabía hasta qué punto podía ser verdad, pero no por eso cayó en sentimentalismos.

—Yo no se la contagié —dijo, y entró en el ascensor.

Luego que Selena tocó el timbre del piso, las hicieron pasar, o, mejor dicho, la puerta fue entornada por una criada negra con la que, al parecer, Selena no se hallaba en muy buenas relaciones. Ginnie dejó caer sus cosas de tenis en una silla del vestíbulo y siguió a Selena. En la sala, Selena se volvió y dijo:

—¿Te molesta esperar aquí? Tal vez tenga que despertar a mamá y todo eso.

—De acuerdo —dijo Ginnie, y se dejó caer en un sofá.

—Nunca hubiera creído que podías ser tan mezquina —dijo Selena, que estaba lo bastante enojada como para usar la palabra «mezquina», aunque le faltaba valor para poder subrayarla.

—Ahora estás enterada —dijo Ginnie, y le abrió en la cara un ejemplar de *Vogue*. Mantuvo en esa posición la revista hasta que Selena abandonó la habitación, y después volvió a dejarla sobre el aparato de radio. Examinó el cuarto con la mirada, redistribuyendo los muebles mentalmente, tirando lámparas de mesa, quitando flores artificiales. En su opinión, era una habitación totalmente horrible, lujosa, pero cursi.

De pronto se oyó una voz masculina que gritaba desde otra parte de la vivienda:

—¡Eric! ¿Eres tú?

Ginnie supuso que era el hermano de Selena, a quien ella no conocía. Cruzó sus largas piernas, arregló los bajos de su abrigo sobre las rodillas y esperó.

Un joven con gafas, en pijama, descalzo, se precipitó en la habitación, con la boca abierta.

—Diablos, creí que era Eric —dijo. Sin detenerse y con un aire extremadamente lamentable, siguió a través de la habitación apretando algo contra su pecho estrecho. Se sentó en el otro extremo del sofá.

—Acabo de cortarme este asqueroso dedo —dijo con cierta ansiedad. Miró a Ginnie como si fuera natural que la joven estuviera sentada allí—. ¿Alguna vez te has cortado un dedo? ¿Hasta el hueso? —preguntó. Su voz chillona contenía un verdadero ruego, como si Ginnie, con su respuesta, pudiera evitarle la desagradable tarea de romper el hielo.

Ginnie lo contempló extrañada.

—Bueno, no precisamente hasta el hueso —dijo—. Pero me he cortado.

Era el muchacho, o el hombre —le era difícil determinarlo—, más cómico que había visto jamás. Tenía el pelo revuelto como si acabara de levantarse, y una barba rala y rubia, como de dos días o más. Su aspecto era... bueno, parecía un tonto.

—¿Cómo te has cortado? —preguntó Ginnie.

Con la boca floja y entreabierta, tenía la vista fija en el dedo lastimado.

—¿Qué? —dijo él.

—¿Cómo te has cortado?

—¿Cómo diablos puedo saberlo? —dijo, dando a entender con su entonación que la respuesta a esa pregunta era irremisiblemente oscura—. Buscaba algo en la asquerosa papelera, y estaba llena de hojas de afeitar.

—¿Eres hermano de Selena? —preguntó Ginnie.

—Sí, diablos, me estoy desangrando. No te vayas. Tal vez necesite una de esas inmundas transfusiones.

—¿Te has puesto algo?

El hermano de Selena apartó un poco la mano herida del pecho y se quitó la venda para que Ginnie disfrutara de su aspecto.

—Sólo papel higiénico —dijo—. Para la sangre. Como cuando uno se corta al afeitarse —de nuevo miró a Ginnie—. ¿Quién eres? —preguntó—, ¿amiga de esa estúpida?

—Vamos a la misma clase.

—¿Sí? ¿Cómo te llamas?

—Virginia Maddox.

—¿Eres Ginnie? —dijo, observándola con los ojos entrecerrados tras las gafas—. ¿Eres Ginnie Maddox?

—Sí —dijo Ginnie, descruzando las piernas.

El hermano de Selena volvió a fijarse en el dedo, evidentemente su verdadero y único centro de atención.

—Conozco a tu hermana —le dijo con tono de indiferencia—. Es una asquerosa esnob.

Ginnie se enderezó.

—¿Quién?

—Ya me has oído.

—Mi hermana no es una esnob.

—Vaya si lo es —dijo el hermano de Selena.

—No lo es.

—¡Ya lo creo! Es la reina. La reina de todas las esnobs.

Ginnie observaba cómo levantaba los gruesos pliegues de papel higiénico y miraba por debajo.

—¡Ni siquiera conoces a mi hermana!

—¿Que no la conozco?

—¿Cómo se llama?... ¿Cuál es su nombre de pila? —preguntó Ginnie enfáticamente.

—Joan... Joan, la esnob.

Ginnie se calló.

—¿Cómo es? —preguntó de pronto.

No hubo respuesta.

—¿Cómo es? —insistió Ginnie.

—Si fuera la mitad de bonita de lo que cree ser, tendría una suerte endiablada —dijo el hermano de Selena.

Esta respuesta alcanzaba el nivel de interesante, según la opinión secreta de Ginnie.

—Nunca la oí hablar de ti —dijo.

—¡No me digas! Se me parte el corazón.

—De todos modos, está comprometida —dijo Ginnie, observándolo—. Se casa el mes que viene.

—¿Con quién? —preguntó él, levantando los ojos.

Ginnie aprovechó la ocasión:

—Con nadie a quien tú conozcas.

De nuevo empezó él a escarbar su obra de primeros auxilios:

—Lo compadezco —dijo.

Ginnie resopló.

—Sigue sangrando como un loco. ¿Crees que tendría que ponerle algo? ¿Qué será bueno? ¿Crees que la mercromina servirá de algo?

—El yodo es mejor —dijo Ginnie. Luego, pensando que su respuesta era demasiado cortés.dadas las circunstancias, añadió:— Para eso la mercromina no sirve de nada.

—¿Por qué no? ¿Qué tiene?

—Simplemente, que para eso no sirve, nada más. Ahí hay que poner yodo.

—Pero escuece muchísimo, ¿no? —preguntó, mirando a Ginnie—. ¿No quema como el demonio?

—Sí —dijo Ginnie—, pero no te vas a morir por eso.

Sin ofenderse, al parecer, por el tono de voz de Ginnie, el hermano de Selena dedicó otra vez su atención al dedo lastimado.

—Si quema, no me gusta —dijo.

—A nadie le gusta.

—Así es —dijo, asintiendo con la cabeza.

Ginnie lo observó por un instante.

—Deja de tocarte —exclamó repentinamente.

El hermano de Selena apartó la mano sana como si hubiera recibido una descarga eléctrica. Se irguió un poco o, mejor dicho, se repantigó un poco menos. Fijó la vista en algún objeto situado en el otro lado de la habitación. Una expresión casi soñadora inundó sus facciones irregulares. Metió la uña del dedo índice de la mano sana en el intersticio entre los incisivos, sacó una partícula de comida y se volvió hacia Ginnie.

—¿Ya has comido? —preguntó.

—¿Cómo?

—Que si ya has comido..

Ginnie negó con la cabeza.

—Comeré cuando llegue a casa —dijo—. Mi madre siempre me tiene la comida lista cuando llego.

—Tengo medio bocadillo de pollo en mi cuarto. ¿No lo quieres? Ni lo he tocado.

—No, gracias. De verdad.

—Vamos, acabas de jugar al tenis. ¿No tienes hambre?

—No es eso —dijo Ginnie, cruzando las piernas—. Es que mi madre me tiene la comida lista cuando llego a casa. Quiero decir que, si no tengo hambre cuando llego, se pone mala.

Al parecer, el hermano de Selena aceptó esa explicación. Por lo menos, asintió con la cabeza y miró hacia otro lado. Pero de pronto se volvió:

—¿Y un vaso de leche? —dijo.

—No, gracias... pero te lo agradezco.

Luego, distraídamente, él se inclinó y se rascó el tobillo desnudo.

—¿Cómo se llama ese tipo con el que se va a casar? —preguntó.

—¿Quién...? ¿Joan? —dijo Ginnie—. Dick Heffner.

El hermano de Selena continuó rascándose el tobillo.

—Es un capitán de fragata —dijo Ginnie.

—¡Qué bárbaro!

Ginnie lanzó una risita. Lo miró rascarse el tobillo hasta que se le puso rojo. Cuando empezó a arrancarse con una uña una costrita que tenía en la piel, dejó de mirarlo.

—¿De qué conoces a Joan? —preguntó—. Nunca te vi en casa ni en ningún otro sitio.

—Nunca estuve en tu asquerosa casa.

Ginnie esperó, pero no hubo nada después de esta declaración.

—¿Dónde la conociste, entonces? —preguntó.

—En una fiesta.

—¿En una fiesta? ¿Cuándo?

—No sé. En la Navidad del 42.

Con dos dedos sacó del bolsillo superior del pijama un cigarrillo que parecía haber pasado allí toda la noche.

—¿Me tiras esos fósforos? —dijo.

—Ginnie le pasó una cajita de fósforos que estaba sobre la mesa junto a ella. Encendió el arrugado cigarrillo y guardó el fósforo quemado en la cajita. Inclinando la cabeza hacia atrás, exhaló lentamente una enorme cantidad de humo por la boca y lo inhaló por la nariz. Siguió fumando en este estilo «a la francesa». Muy probablemente no era una escena de vodevil en un sofá, sino más bien la exhibición privada de un joven que, en un momento u otro, podía haber intentado afeitarse con la mano izquierda.

—¿Por qué dices que Joan es esnob? —preguntó Ginnie.

—¿Por qué? Porque lo es. ¿Cómo diablos voy a saber por qué?

—Sí, pero ¿por qué dices que lo es?

Volvió con cansancio la cabeza hacia ella.

—Escucha. Le escribí ocho malditas cartas. Ocho. No me contestó ni una.

Ginnie vaciló.

—Bueno, a lo mejor tenía mucho que hacer.

—Claro, estaría ocupada como una laboriosa abejita de mierda.

—¿Tienes necesidad de hablar de esa manera? —preguntó Ginnie.

—¡Mierda, es verdad que hablo mal!

Ginnie se echó a reír.

—De todas maneras, ¿cuánto tiempo hace que la conoces?

—Bastante tiempo.

—Quiero decir, ¿la has llamado por teléfono o algo por el estilo?

—No.

—Bueno, si nunca la llamaste ni nada...

—¡No podía hacerlo, diablos!

—¿Por qué no?

—¡Porque ni siquiera estaba en Nueva York!

—Ah... ¿Y dónde estabas?

—¿Yo? En Ohio.

—¿En la universidad?

—No. Lo dejé.

—¿En el ejército?

—No —con la mano que sostenía el cigarrillo, el hermano de Selena se dio un golpecito en el costado izquierdo del pecho—. La maquinita —dijo.

—¿El corazón? —preguntó Ginnie—. ¿Qué le pasa?

—No sé qué diablos le pasa. Tuve fiebre reumática cuando era pequeño. Un dolor infernal en...

—Bueno, pero ¿no tienes que dejar de fumar? ¿No te dijeron que no debes fumar más y todo eso? El médico le dijo a mí...

—Oh, te dicen un montón de chorradas —dijo él.

Ginnie dejó de ametrallarlo durante un breve momento. Muy breve.

—Y, en Ohio, ¿qué hacías? —preguntó.

—¿Yo? Trabajaba en una asquerosa fábrica de aviones.

—¿En serio? —dijo Ginnie—. ¿Te gustaba?

—«¿Te gustaba?» —remedó él—. Me encantaba. Adoro los aviones. Son tan «ricos»...

Ginnie estaba demasiado interesada ahora como para sentirse ofendida.

—¿Cuánto tiempo trabajaste? En la fábrica de aviones, quiero decir.

—Diablos, no sé. Treinta y siete meses —se puso de pie y se acercó a la ventana. Miró hacia la calle mientras se rascaba la columna vertebral con el pulgar—. Míralos —dijo—. Imbéciles de mierda.

—¿Quiénes? —dijo Ginnie.

—Yo qué sé. Cualquiera.

—Si pones el dedo hacia abajo va a sangrarte de nuevo —dijo Ginnie.

La escuchó. Apoyó el pie izquierdo en el reborde de la ventana y descansó su mano herida sobre el muslo en posición horizontal. Seguía mirando hacia la calle.

—Todos van a esa inmunda oficina de reclutamiento —dijo—. En la próxima pelearemos con los esquimales. ¿No lo sabías?

—¿Con quiénes? —dijo Ginnie.

—Con los esquimales... presta atención, ¡demonios!

—¿Por qué con los esquimales?

—Yo que sé. ¿Cómo diablos voy a saberlo? Esta vez van a ir todos los viejos. Los tipos de sesenta años. No podrá ir nadie si no anda por los sesenta —dijo—. Les darán menos horas de trabajo, nada más... Es fenomenal.

—Tú no irías de todos modos —replicó Ginnie, quien no quería decir más que la verdad, aunque sabía, aun antes de terminar la frase, que había dicho lo que no debía.

—Ya lo sé —dijo rápidamente, y bajó el pie. Subió un poco la ventana y arrojó el cigarrillo a la calle. Después se volvió—: Oye. Hazme un favor. Cuando venga ese tipo, dile que estaré listo en dos segundos, ¿quieres? Sólo tengo que afeitarme, nada más. ¿De acuerdo?

Ginnie asintió.

—¿Quieres que le diga a Selena que se dé prisa o algo? ¿Sabe que estás aquí?

—Sí, ya lo sabe —dijo Ginnie—. Y no tengo prisa. Gracias.

El hermano de Selena asintió. Acto seguido echó una última y larga mirada a su dedo herido, como para comprobar que estaba en condiciones de efectuar el viaje de vuelta a su habitación.

—¿Por qué no le pones una venda adhesiva? ¿No tienes una o cualquier otra cosa?

—Noo... —dijo—. Bueno. Cuídate —y salió de la habitación.

Pocos segundos después estaba de vuelta con el medio bocadillo en la mano.

—Cómetelo —dijo—. Está bueno.

—En realidad, no tengo...

—¡Demonios, tómalo! No le he puesto veneno ni nada por el estilo.

—Bueno, te lo agradezco mucho —dijo Ginnie, aceptando el medio bocadillo.

—Es de pollo —explicó de pie junto a ella, observándola—. Lo compré anoche en una asquerosa *Delikatessen*.

—Tiene muy buen aspecto.

—Bueno, ¡cómelo, entonces!

Ginnie le dio un mordisco.

—Está bueno, ¿verdad?

Ginnie tragó con gran dificultad.

—Muy bueno —dijo.

El hermano de Selena asintió. Paseó la mirada por la habitación, rascándose el pecho.

—Bueno, supongo que tendré que vestirme.... ¡Maldita sea! ¡El timbre! ¡Abur! —Desapareció.

Al quedarse sola, Ginnie miró a su alrededor, sin levantarse, en busca de un buen sitio donde arrojar el bocadillo. Oyó que alguien venía a través del vestíbulo. Metió el bocadillo en el bolsillo de su abrigo.

Un hombre de unos treinta años, ni alto ni bajo, entró en la habitación. Sus facciones regulares, el corte de su traje, su cabello corto, el dibujo de su foulard no daban ninguna información precisa sobre él. Podía pertenecer a la redacción de una revista, o ser aspirante a redactor. Quizá estuviera en el elenco de una obra de teatro que acababa de representarse en Filadelfia, o tal vez trabajase en un bufete de abogado.

—Hola —dijo, cordialmente, a Ginnie.

—Hola.

—¿Has visto a Franklin? —preguntó.

—Está afeitándose. Me dijo que te dijera que lo esperaras. En seguida sale.

—¿Afeitándose? Dios mío —el joven consultó su reloj. Luego se sentó en un sillón tapizado de rojo, cruzó las piernas y se cubrió la cara con las manos. Se frotó los párpados con las puntas de los dedos como si estuviera muy cansado o como si hubiera estado forzando los ojos—. Esta mañana ha sido la más horrible de toda mi vida —dijo, quitándose las manos de la cara. Hablaba exclusivamente con la laringe, como si estuviera demasiado cansado como para poner en sus palabras el aire de sus pulmones.

—¿Qué pasó? —preguntó Ginnie, mirándolo.

—Es demasiado largo de contar. Por norma, nunca aburro a la gente que no conozco desde hace por lo menos mil años —miró vagamente hacia la ventana—. Pero nunca intentaré, ni por asomo, juzgar a la naturaleza humana. Puedes decírselo tranquilamente a quien quieras.

—¿Qué pasó? —repitió Ginnie.

—Es una persona que está compartiendo el piso conmigo desde hace meses y meses y meses... Ni siquiera quiero comentar el tema... Este *escritor* —agregó con satisfacción, acordándose probablemente de la maldición favorita de una novela de Hemingway.

—¿Qué hizo? —repitió Ginnie.

—Francamente, ahora preferiría no entrar en detalles —dijo el joven. Sacó un cigarrillo de su paquete, sin hacer caso de una pitillera transparente que había sobre la mesa, y le prendió fuego con su propio encendedor. Sus manos

eran grandes. No parecían fuertes, ni hábiles, ni sensibles.
Y, sin embargo, las usaba como si tuvieran un poder esté-
tico propio, incontrolable—. Me he propuesto no pensar
siquiera en ese asunto. Pero estoy tan furioso... —dijo—.
Fíjate: aparece este personaje espantoso de Altoona, Pen-
silvania, o de algún lugar así. Muerto de hambre, al parecer. Yo fui lo bastante decente y bondadoso (soy el buen
samaritano auténtico) para aceptarlo en mi piso, un piso
tan microscópico que apenas puedo moverme yo mismo
dentro de él. Lo presento a todos mis amigos. Dejo que lle-
ne toda la casa con sus horrorosos originales, sus colillas,
las porquerías que come y todo lo demás. Lo presento a
cuanto productor teatral hay en Nueva York. Le llevo y le
traigo sus inmundas camisas de la lavandería. Y encima de
todo eso... —el hombre se calló—. Y el producto de toda
mi amabilidad y decencia —siguió— es que se va de mi
casa a las cinco o a las seis de la mañana, sin dejar siquiera
una carta, llevándose todo, absolutamente todo lo que
pudo coger con sus puercas manos —hizo una pausa para
aspirar el humo de su cigarrillo y luego lo echó por la boca
en una delgada y silbante nube—. No quiero hablar de
eso. En serio, no quiero —miró a Ginnie—. Me encanta
tu abrigo —dijo, ya de pie. Se acercó a ella y tomó la solapa del abrigo entre los dedos—. Es precioso. Es el primer
pelo de camello realmente bueno que veo desde la guerra.
¿Dónde lo conseguiste?

—Lo trajo mi madre de Nassau.

El hombre asintió pensativo y retrocedió hasta su
silla.

—Es uno de los pocos lugares donde se puede conseguir pelo de camello realmente bueno —dijo. Se sentó—.
¿Estuvo mucho tiempo?

—¿Cómo? —dijo Ginnie.

—¿Estuvo tu madre allí mucho tiempo? Te lo pregunto
porque mi madre estuvo en diciembre. Y parte de enero.
Generalmente yo voy con ella, pero este año fue tan agita-
do que no pude ir.

—Estuvo en febrero —dijo Ginnie.

—Bárbaro. ¿Sabes dónde se hospedó?

—En casa de mi tía.

Movió la cabeza.

—¿Puedo saber tu nombre? Supongo que eres amiga de la hermana de Franklin.

—Estamos en la misma clase —dijo Ginnie, contestando solamente la segunda parte de la pregunta.

—Tú eres la famosa Maxine de la que Selena habla tanto, ¿verdad?

—No —dijo Ginnie.

De pronto el joven empezó a sacudirse los bajos del pantalón con la palma de la mano.

—Estoy de pelos de perro de la cabeza a los pies —dijo—. Mi madre fue a pasar el fin de semana a Washington y me dejó la bestia en el piso. En realidad, es muy cariñoso. Pero tiene costumbres inmundas. ¿Tienes perro?

—No.

—Realmente pienso que es una crueldad tenerlos en la ciudad —dejó de sacudirse el pelo, se recostó en el asiento y miró nuevamente su reloj—. Este chico nunca es puntual. Vamos a ver *La bella y la bestia,* de Cocteau. Es la única película que merece la pena que uno llegue a tiempo. ¿La has visto?

—No.

—Tienes que verla. Yo la he visto ocho veces. Genio, puro genio —dijo—. Hace meses que trato de que Franklin la vea —movió la cabeza con desencanto—. ¡El gusto que tiene! Durante la guerra, los dos trabajábamos en el mismo sitio horroroso y él insistía en llevarme a ver las películas más increíbles del mundo. Vimos películas de pistoleros, musicales...

—¿También trabajabas en la fábrica de aviones? —preguntó Ginnie.

—Sí, claro. Durante años y años y años. Por favor, no hablemos de eso.

—¿Tú también tienes un problema cardíaco?

—No, por favor. Toco madera —golpeó dos veces un brazo del sillón—. Soy fuerte como un...

Al entrar Selena en la habitación, Ginnie se levantó inmediatamente y se dirigió a su encuentro. Selena se había puesto un vestido en lugar de los shorts, detalle que normalmente habría molestado a Ginnie.

—Lamento haberte hecho esperar —dijo Selena sin sinceridad—. Pero tuve que esperar a que mamá se despertara... Hola, Eric.

—¡Hola, hola!

—De todos modos, el dinero no lo quiero —dijo Ginnie, en voz baja para que sólo la oyera Selena.

—¿Cómo?

—Estuve pensando. Después de todo, tú siempre traes las pelotas de tenis. Me había olvidado.

—Como dijiste que yo, en cualquier caso, no las pagaba...

—Acompáñame a la puerta —dijo Ginnie, dirigiéndose a la puerta, sin decir adiós a Eric.

—¿Pero no dijiste que esta noche ibas al cine y necesitabas el dinero y qué sé yo? —dijo Selena en el vestíbulo.

—Estoy muy cansada —dijo Ginnie. Se inclinó y recogió todas sus cosas de tenis—. Escúchame. Te llamaré después de la cena. ¿Haces algo especial esta noche? A lo mejor, me doy una vuelta por aquí.

Selena la miró extrañada y dijo:

—De acuerdo.

Ginnie abrió la puerta del piso y caminó hasta el ascensor. Apretó el botón.

—He conocido a tu hermano —dijo.

—¿De veras? ¿No te parece un personaje?

—Por cierto, ¿a qué se dedica? —preguntó Ginnie con fingido descuido—. ¿Trabaja o qué?

—Acaba de abandonar los estudios. Papá quiere que vuelva a la universiad, pero él no va a ir.

—¿Por qué no?

—No lo sé. Dice que está muy viejo y todo eso.

—¿Cuántos años tiene?

—No sé. Veinticuatro.

Se abrieron las puertas del ascensor.

—¡Te llamaré más tarde! —dijo Ginnie.

Una vez fuera del edificio empezó a caminar hacia la avenida Lexington para tomar el autobús. Entre la Tercera y Lexington metió la mano en el bolsillo para sacar el monedero y encontró el bocadillo. Lo extrajo y empezó a bajar la mano para dejarlo caer en la calle, pero volvió a guardardo en el bolsillo. Pocos años atrás, le había llevado tres días tirar el pollito de Pascua que había encontrado muerto en el serrín del fondo de papelera.

El hombre que ríe

En 1928, a los nueve años, yo formaba parte, con todo el espíritu de cuerpo posible, de una organización conocida como el Club de los Comanches. Todos los días de clase, a las tres de la tarde, nuestro Jefe nos recogía, a los veinticinco comanches, a la salida de la escuela número 165, en la calle 109, cerca de Amsterdam Avenue. A empujones y golpes entrábamos en el viejo autobús comercial que el Jefe había transformado. Siempre nos conducía (según los acuerdos económicos establecidos con nuestros padres) al Central Park. El resto de la tarde, si el tiempo lo permitía, lo dedicábamos a jugar al rugby, al fútbol o al béisbol, según la temporada. Cuando llovía, el Jefe nos llevaba invariablemente al Museo de Historia Natural o al Museo Metropolitano de Arte.

Los sábados y la mayoría de las fiestas nacionales, el Jefe nos recogía por la mañana temprano en nuestras respectivas viviendas y en su destartalado autobús nos sacaba de Manhattan hacia los espacios comparativamente abiertos del Van Cortlandt Park o de Palisades. Si teníamos propósitos decididamente atléticos, íbamos a Van Cortlandt, donde los campos de juego eran de tamaño reglamentario y el equipo contrario no incluía ni un cochecito de niño ni una indignada viejecita con bastón. Si nuestros corazones de comanches se sentían inclinados a acampar, íbamos a Palisades y nos hacíamos los robinsones. Recuerdo haberme perdido un sábado en alguna parte de la escabrosa zona de terreno que se extiende entre el cartel de Linit y el extremo oeste del puente George Washington. Pero no por eso perdí la cabeza. Simplemente me senté a la sombra majestuosa de un gigantesco anuncio publicitario y, aunque lagrimeando, abrí mi fiambrera por hacer algo, confiando a medias en que el Jefe me encontraría. El Jefe siempre nos encontraba.

El resto del día, cuando se veía libre de los comanches, el Jefe era John Gedsudski, de Staten Island. Era un joven tranquilo, sumamente tímido, de veintidós o veintitrés años, estudiante de derecho de la Universidad de Nueva York, y una persona memorable desde cualquier punto de vista. No intentaré exponer aquí sus múltiples virtudes y méritos. Sólo diré de paso que era un *scout* aventajado, casi había formado parte de la selección nacional de rugby de 1926, y era público y notorio que lo habían invitado muy cordialmente a presentarse como candidato para el equipo de béisbol de los New York Giants. Era un árbitro imparcial e imperturbable en todos nuestros ruidosos encuentros deportivos, un maestro en encender y apagar hogueras, y un experto en primeros auxilios muy digno de consideración. Cada uno de nosotros, desde el pillo más pequeño hasta el más grande, lo quería y respetaba.

Aún está patente en mi memoria la imagen del Jefe en 1928. Si los deseos hubieran sido centímetros, entre todos los comanches lo hubiéramos convertido rápidamente en gigante. Pero, siendo como son las cosas, era un tipo bajito y fornido que mediría entre uno cincuenta y siete y uno sesenta, como máximo. Tenía el pelo renegrido, la frente muy estrecha, la nariz grande y carnosa, y el torso casi tan largo como las piernas. Con la chaqueta de cuero, sus hombros parecían poderosos, aunque eran estrechos y caídos. En aquel tiempo, sin embargo, para mí se combinaban en el Jefe todas las características más fotogénicas de Buck Jones, Ken Maynard y Tom Mix, perfectamente amalgamadas.

Todas las tardes, cuando oscurecía lo suficiente como para que el equipo perdedor tuviera una excusa para justificar sus malas jugadas, los comanches nos refugiábamos egoístamente en el talento del Jefe para contar cuentos. A esa hora formábamos generalmente un grupo acalorado e irritable, y nos peleábamos en el autobús —a puñetazos o a gritos estridentes— por los asientos más cercanos al Jefe. (El autobús tenía dos filas paralelas de asientos de esterilla. En la fila de la izquierda había tres asientos adicionales —los mejores de todos— que llegaban hasta la altura del conductor.) El Jefe sólo subía al autobús cuando nos habíamos acomodado. A continuación se sentaba a horcajadas en su asiento de conductor, y con su voz de tenor atiplada pero melodiosa nos contaba un nuevo episodio de «El hombre que ríe». Una vez que empezaba su relato, nuestro interés jamás decaía. «El hombre que ríe» era la historia adecuada para un comanche. Hasta había alcanzado dimensiones clásicas. Era un cuento que tendía a desparramarse por todos lados, aunque seguía siendo esencialmente portátil. Uno siempre podía llevárselo a casa y meditar sobre él mientras estaba sentado, por ejemplo, en el agua de la bañera que se iba escurriendo.

Único hijo de un acaudalado matrimonio de misioneros, el «hombre que ríe» había sido raptado en su infancia por unos bandidos chinos. Cuando el acaudalado matrimonio se negó (debido a sus convicciones religiosas) a pagar el rescate para la liberación de su hijo, los bandidos, considerablemente agraviados, pusieron la cabecita del niño en un torno de carpintero y dieron varias vueltas hacia la derecha a la manivela correspondiente. La víctima de este singular experimento llegó a la mayoría de edad con una cabeza pelada, en forma de nuez (pacana) y con una cara donde, en vez de boca, exhibía una enorme cavidad ovalada debajo de la nariz. La misma nariz se limitaba a dos fosas nasales obstruidas por la carne. En consecuencia, cuando el «hombre que ríe» respiraba, la abominable, siniestra abertura debajo de la nariz se dilataba y contraía (yo la veía así) como una monstruosa ventosa. (El Jefe no explicaba el sistema de respiración del «hombre que ríe», sino que lo demostraba prácticamente.) Los que lo veían por primera vez se desmayaban instantáneamente ante el aspecto de su horrible rostro. Los conocidos le daban la espalda. Curiosamente, los bandidos le permitían estar en su cuartel general —siempre que se tapara la cara con una máscara roja hecha de pétalos de amapola. La máscara no solamente eximía a los bandidos de contemplar la cara de su hijo adoptivo, sino que además los mantenía al tanto de sus andanzas; además, apestaba a opio.

Todas las mañanas, en su extrema soledad, el «hombre que ríe» se iba sigilosamente (su andar era suave como el de un gato) al tupido bosque que rodeaba el escondite de los bandidos. Allí se hizo amigo de muchísimos animales: perros, ratones blancos, águilas, leones, boas constrictor, lobos. Además, se quitaba la máscara y les hablaba dulcemente, melodiosamente, en su propia lengua. Ellos no lo consideraban feo.

Al Jefe le llevó un par de meses llegar a este punto de la historia. De ahí en adelante los episodios se hicieron cada vez más exóticos, a tono con el gusto de los comanches.

El «hombre que ríe» era muy hábil para informarse de lo que pasaba a su alrededor, y en muy poco tiempo pudo conocer los secretos profesionales más importantes de los bandidos. Sin embargo, no los tenía en demasiada estima y no tardó mucho en crear un sistema propio más eficaz. Empezó a trabajar por su cuenta. En pequeña escala, al principio —robando, secuestrando, asesinando sólo cuando era absolutamente necesario— se dedicó a devastar la campiña china. Muy pronto sus ingeniosos procedimientos criminales, junto con su especial afición al juego limpio, le valieron un lugar especialmente destacado en el corazón de los hombres. Curiosamente, sus padres adoptivos (los bandidos que originalmente lo habían empujado al crimen) fueron los últimos en tener conocimiento de sus hazañas. Cuando se enteraron, se pusieron tremendamente celosos. Uno a uno desfilaron una noche ante la cama del «hombre que ríe», creyendo que habían podido dormirlo profundamente con algunas drogas que le habían dado, y con sus machetes apuñalaron repetidas veces el cuerpo que yacía bajo las mantas. Pero la víctima resultó ser la madre del jefe de los bandidos, una de esas personas desagradables y pendencieras. El suceso no hizo más que aumentar la sed de venganza de los bandidos, y finalmente el «hombre que ríe» se vio obligado a encerrar a toda la banda en un mausoleo profundo, pero agradablemente decorado. De cuando en cuando se escapaban y le causaban algunas molestias, pero él no se avenía a matarlos. (El «hombre que ríe» tenía una faceta compasiva que a mí me enloquecía.)

Poco después el «hombre que ríe» empezaba a cruzar regularmente la frontera china para ir a París, donde se divertía ostentando su genio conspicuo pero modesto frente a Marcel Dufarge, detective internacionalmente famoso y considerablemente inteligente, pero tísico. Dufarge y su hija (una chica exquisita, aunque con algo de travestí) se convirtieron en los enemigos más encarnizados del «hombre que ríe». Una y otra vez trataron de atraparlo mediante ardides. Nada más que por amor al riesgo, al principio el «hombre que ríe» muchas veces simulaba dejarse engañar, pero luego desaparecía de pronto, sin dejar ni el mínimo rastro de su método para escapar. De vez en cuando enviaba una breve e incisiva nota de despedida por la red de alcantarillas de París, que llegaba sin tardanza a manos de Dufarge. Los Dufarge se pasaban gran parte del tiempo chapoteando en las alcantarillas de París.

Muy pronto el «hombre que ríe» consiguió reunir la fortuna personal más grande del mundo. Gran parte de esa fortuna era donada en forma anónima a los monjes de un monasterio local, humildes ascetas que habían dedicado sus vidas a la cría de perros de policía alemanes. El «hombre que ríe» convertía el resto de su fortuna en brillantes que bajaba despreocupadamente a cavernas de esmeralda, en las profundidades del mar Negro. Sus necesidades personales eran pocas. Se alimentaba únicamente de arroz y sangre de águila, en una pequeña casita con un gimnasio y campo de tiro subterráneos, en las tormentosas costas del Tibet. Con él vivían cuatro compañeros que le eran fieles hasta la muerte: un lobo furtivo llamado Aia Negra, un enano adorable llamado Omba, un gigante mongol llamado Hong, cuya lengua había sido quemada por hombres blancos, y una espléndida chica euroasiática que, debido a su intenso amor por el «hombre que ríe» y a su honda preocupación por su seguridad personal, solía tener una actitud bastante rígida respecto al crimen. El «hombre que ríe» emitía sus órdenes a sus subordinados a través de una máscara de seda negra. Ni siquiera Omba, el enano adorable, había podido ver su cara.

No digo que lo vaya a hacer, pero podría pasarme horas llevando al lector —a la fuerza, si fuere necesario— de un lado a otro de la frontera entre París y China. Yo acostumbro a considerar al «hombre que ríe» algo así como a un superdistinguido antepasado mío, una especie de Robert E. Lee, digamos, con todas las virtudes del caso. Y esta ilusión resulta verdaderamente moderada si se la compara con la que abrigaba hacia 1928, cuando me sentía, no solamente descendiente directo del «hombre que ríe», sino además su único heredero viviente. En 1928 ni siquiera era hijo de mis padres, sino un impostor de astucia diabólica, a la espera de que cometieran el mínimo error para descubrir —preferentemente de modo pacífico, aunque podía ser de otro modo— mi verdadera identidad.

Para no matar de pena a mi supuesta madre, pensaba emplearla en alguna de mis actividades subrepticias, en algún puesto indefinido, pero de verdadera responsabilidad. Pero lo más importante para mí en 1928 era andar con pies de plomo. Seguir la farsa. Lavarme los dientes. Peinarme. Disimular a toda costa mi risa realmente aterradora.

En realidad, yo era el único descendiente legítimo del «hombre que ríe». En el club había veinticinco comanches —veinticinco legítimos herederos del «hombre que ríe»— todos circulando amenazadoramente, de incógnito, por la ciudad, elevando a los ascensoristas a la categoría de enemigos potenciales, mascullando complejas pero precisas instrucciones en la oreja de los cocker spaniel, apuntando con el dedo índice, como un fusil, a la cabeza de los profesores de matemáticas. Y esperando, siempre esperando el momento para suscitar el terror y la admiración en el corazón del ciudadano común.

Una tarde de febrero, apenas iniciada la temporada de béisbol de los comanches, observé un detalle nuevo en el autobús del Jefe. Encima del espejo retrovisor, sobre el parabrisas, había una foto pequeña, enmarcada, de una chica con toga y birrete académicos. Me pareció que la foto de una chica desentonaba con la exclusiva decoración para hombres del autobús y, sin titubear, le pregunté al Jefe quién era. Al principio fue evasivo, pero al final reconoció que era una muchacha. Le pregunté cómo se llamaba. Su contestación, todavía un poco reticente, fue «Mary Hudson».

Le pregunté si trabajaba en el cine o en alguna cosa así. Me dijo que no, que iba al Wellesley College. Agregó, tras larga reflexión, que el Wellesley era una universidad de alta categoría.

Le pregunté, entonces, por qué tenía su foto en el autobús. Encogió levemente los hombros, lo bastante como para sugerir —me pareció— que la foto había sido más o menos impuesta por otros.

Durante las dos semanas siguientes, la foto —le hubiera sido impuesta al Jefe por la fuerza o no— continuó sobre el parabrisas. No desapareció con los paquetes vacíos de chicles ni con los palitos de caramelos. Pero los comanches nos fuimos acostumbrando a ella. Fue adquiriendo gradualmente la personalidad poco inquietante de un velocímetro.

Pero un día que íbamos camino del parque el Jefe detuvo el autobús junto al bordillo de la acera de la Quinta Avenida a la altura de la calle 60, casi un kilómetro más allá de nuestro campo de béisbol. Veinte pasajeros solicitaron inmediatamente una explicación, pero el Jefe se hizo el sordo. En cambio, se limitó a adoptar su posición habitual de narrador y dio comienzo anticipadamente a un nuevo episodio del «hombre que ríe». Pero apenas había empezado cuando alguien golpeó suavemente en la portezuela del autobús. Evidentemente, ese día los reflejos del Jefe estaban en buena forma. Se levantó de un salto, accionó la manecilla de la puerta y en seguida subió al autobús una chica con un abrigo de castor.

Así, de pronto, sólo recuerdo haber visto en mi vida a tres muchachas que me impresionaron a primera vista por su gran belleza, una belleza difícil de clasificar. Una fue una chica delgada en un traje de baño negro, que forcejeaba terriblemente para clavar en la arena una sombrilla en Jones Beach, alrededor de 1936. La segunda, esa chica que hacía un viaje de placer por el Caribe, hacia 1939, y que arrojó su encendedor a un delfín. Y la tercera, Mary Hudson, la chica del Jefe.

—¿He tardado mucho? —le preguntó, sonriendo. Era como si hubira preguntado «¿Soy fea?».

—¡No! —dijo el Jefe. Con cierta vehemencia, miró a los comanches situados cerca de su asiento y les hizo una seña para que le hicieran sitio. Mary Hudson se sentó entre yo y un chico que se llamaba Edgar «no-sé-qué» y que tenía un tío cuyo mejor amigo era contrabandista de bebidas alcohólicas. Le cedimos todo el espacio del mundo. Entonces el autobús se puso en marcha con un acelerón poco hábil. Los comanches, hasta el último hombre, guardaban silencio.

Mientras volvíamos a nuestro lugar de estacionamiento habitual, Mary Hudson se inclinó hacia delante en su asiento e hizo al Jefe un colorido relato de los trenes que había perdido y del tren que no había perdido. Vivía en Douglaston, Long Island. El Jefe estaba muy nervioso. No sólo no lograba participar en la conversación, sino que apenas oía lo que le decía la chica. Recuerdo que el pomo de la palanca de cambios se le quedó en la mano.

Cuando bajamos del autobús, Mary Hudson se quedó muy cerca de nosotros. Estoy seguro de que cuando llegamos al campo de béisbol cada rostro de los comanches llevaba una expresión del tipo «hay-chicas-que-no-saben-cuándo-irse-a-casa». Y, para colmo de males, cuando otro comanche y yo lanzábamos al aire una moneda para determinar qué equipo batearía primero, Mary Hudson declaró con entusiasmo que deseaba jugar. La respuesta no pudo ser más cortante. Así como antes los comanches nos habíamos limitado a mirar fijamente su femineidad, ahora la contemplábamos con irritación. Ella nos sonrió. Era algo desconcertante. Luego el Jefe se hizo cargo de la situación, revelando su genio para complicar las cosas, hasta entonces oculto. Llevó aparte a Mary Hudson, lo suficiente como para que los comanches no pudieran oír, y pareció dirigirse a ella en forma solemne y racional. Por fin, Mary Hudson lo interrumpió, y los comanches pudieron oír perfectamente su voz.

—¡Yo también —dijo—, yo también quiero jugar!

El Jefe meneó la cabeza y volvió a la carga. Señaló hacia el campo, que se veía desigual y borroso. Tomó un bate de tamaño reglamentario y le mostró su peso.

—No me importa —dijo Mary Hudson, con toda claridad—. He venido hasta Nueva York para ver al dentista y todo eso, y voy a jugar.

El Jefe sacudió la cabeza, pero abandonó la batalla. Se aproximó cautelosamente al campo donde estaban esperando los dos equipos comanches, los Bravos y los Guerreros, y fijó su mirada en mí. Yo era el capitán de los Guerreros. Mencionó el nombre de mi centro, que estaba enfermo en su casa, y sugirió que Mary Hudson ocupara su lugar. Dije que no necesitaba un jugador para el centro del campo. El Jefe dijo que qué mierda era eso de que no necesitaba a nadie que hiciera de centro. Me quedé estupefacto. Era la primera vez que le oía decir una palabrota. Y, lo que aún era peor, observé que Mary Hudson me estaba sonriendo. Para dominarme, cogí una piedra y la arrojé contra un árbol.

Nosotros entramos primero. La entrometida fue al centro para la primera tanda. Desde mi posición en la primera base, miraba furtivamente de vez en cuando por encima de mi hombro. Cada vez que lo hacía, Mary Hudson me salu-

daba alegremente con la cabeza. Llevaba puesto el guante
de *catcher,* por propia iniciativa. Era un espectáculo verdaderamente horrible.

Mary Hudson debía ser la novena en batear en el equipo
de los Guerreros. Cuando se lo dije, hizo una pequeña
mueca y dijo:

—Bueno, daos prisa, entonces... —y la verdad es que
efectivamente parecíamos darnos prisa.

Le tocó batear en la primera tanda. Se quitó el abrigo de
castor y el guante de *catcher* para la ocasión y avanzó hacia
su puesto con un vestido marrón oscuro. Cuando le di un
bate, preguntó por qué pesaba tanto. El Jefe abandonó su
puesto de árbitro detrás del *pitcher* y se adelantó con impaciencia. Le dijo a Mary Hudson que apoyara la punta del
bate en el hombro derecho. «Ya está», dijo ella. Le dijo que
no sujetara el bate con demasiada fuerza. «No lo hago»,
contestó ella. Le dijo que no perdiera de vista la pelota.
«No lo haré», dijo ella. «Apártate, ¿quieres?» Con un po-
tente golpe, acertó en la primera pelota que le lanzaron, y
la mandó lejos por encima de la cabeza del *fielder* izquierdo.
Estaba bien para un doble corriente, pero ella logró tres
sin apresurarse.

Cuando me repuse primero de mi sorpresa, después de
mi incredulidad, y por último de mi alegría, miré hacia
donde se encontraba el Jefe. No parecía estar de pie detrás
del *pitcher,* sino flotando por encima de él. Era un hombre
totalmente feliz. Desde su tercera base, Mary Hudson me
saludaba agitando la mano. Contesté a su saludo. No habría podido evitarlo, aunque hubiese querido. Además de
su maestría con el bate, era una chica que sabía cómo salu-
dar a alguien desde la tercera base.

Durante el resto del partido, llegaba a la base cada vez
que salía a batear. Por algún motivo parecía odiar la primera base; no había forma de retenerla. Por lo menos tres
veces logró robar la segunda base al otro equipo.

Su *fielding* no podía ser peor, pero íbamos ganando tan-
tas carreras que no nos importaba. Creo que hubiera sido
mejor si hubiese intentado atrapar las pelotas con
cualquier otra cosa que no fuera un guante de *catcher.*

Pero se negaba a sacárselo. Decía que le quedaba mono.

Durante un mes, más o menos, jugó al béisbol con los comanches un par de veces por semana (cada vez que tenía una cita con el dentista, al parecer). Unas tardes llegaba a tiempo al autobús y otras no. A veces en el autobús hablaba hasta por los codos, otras veces se limitaba a quedarse sentada, fumando sus cigarrillos Herbert Tareyton (boquilla de corcho). Envolvía en un maravilloso perfume al que estaba junto a ella en el autobús.

Un día ventoso de abril, después de recoger, como de costumbre, a sus pasajeros en las calles 109 y Amsterdam, el Jefe dobló por la calle 110 y tomó como siempre por la Quinta Avenida. Pero tenía el pelo peinado y reluciente, llevaba un abrigo en lugar de la chaqueta de cuero y yo supuse lógicamente que Mary Hudson estaba incluida en el programa. Esa presunción se convirtió en certeza cuando pasamos de largo por nuestra entrada habitual al Central Park. El Jefe estacionó el autobús en la esquina a la altura de la calle 60. Después, para matar el tiempo en una forma entretenida para los comanches, se acomodó a horcajadas en su asiento y procedió a narrar otro episodio de «El hombre que ríe». Lo recuerdo con todo detalle y voy a resumirlo.

Una adversa serie de circunstancias había hecho que el mejor amigo del «hombre que ríe», el lobo Ala Negra, cayera en una trampa física e intelectual tendida por los Dufarge. Los Dufarge, conociendo los elevados sentimientos de lealtad del «hombre que ríe», le ofrecieron la libertad de Ala Negra a cambio de la suya propia. Con la mejor buena fe del mundo, el «hombre que ríe» aceptó dicha proposición (a veces su genio estaba sujeto a pequeños y misteriosos desfallecimientos). Quedó convenido que el «hombre que ríe» debía encontrarse con los Dufarge a medianoche en un sector determinado del denso bosque que rodea París, y allí, a la luz de la luna, Ala Negra sería puesto en libertad. Pero los Dufarge no tenían la menor intención de liberar a Ala Negra, a quien temían y detestaban. La noche de la transacción ataron a otro lobo en lugar de Ala Negra, tiñéndole primero la pata trasera derecha de blanco níveo, para que se le pareciera.

No obstante, había dos cosas con las que los Dufarge no habían contado: el sentimentalismo del «hombre que ríe» y su dominio del idioma de los lobos. En cuanto la hija de Dufarge pudo atarlo a un árbol con alambre de espino, el «hombre que ríe» sintió la necesidad de elevar su bella y melodiosa voz en unas palabras de despedida a su presunto viejo amigo. El lobo sustituto, bajo la luz de la luna, a unos pocos metros de distancia, quedó impresionado por el dominio de su idioma que poseía ese desconocido. Al principio escuchó cortésmente los consejos de último momento, personales y profesionales, del «hombre que ríe». Pero a la larga el lobo sustituto comenzó a impacientarse y a cargar su peso primero sobre una pata y después sobre la otra. Bruscamente y con cierta rudeza, interrumpió al «hombre que ríe» informándole en primer lugar de que no se llamaba Ala Oscura, ni Ala Negra, ni Patas Grises ni nada por el estilo, sino Armand, y en segundo lugar que en su vida había estado en China ni tenía la menor intención de ir allí.

Lógicamente enfurecido, el «hombre que ríe» se quitó la máscara con la lengua y se enfrentó a los Dufarge con la cara desnuda a la luz de la luna. Mademoiselle Dufarge se desmayó. Su padre tuvo más suerte; casualmente en ese momento le dio un ataque de tos y así se libró del mortífero descubrimiento. Cuando se le pasó el ataque y vio a su hija tendida en el suelo iluminado por la luna, Dufarge ató cabos. Se tapó los ojos con la mano y descargó su pistola hacia donde se oía la respiración pesada, silbante, del «hombre que ríe».

Así terminaba el episodio.

El Jefe se sacó del bolsillo el reloj Ingersoll de un dólar, lo miró y después dio vuelta en su asiento y puso en marcha el motor. Miré mi reloj. Eran casi las cuatro y media. Cuando el autobús se puso en marcha, le pregunté al Jefe si no iba a esperar a Mary Hudson. No me contestó, y antes de que pudiera repetir la pregunta, inclinó su cabeza para atrás y, dirigiéndose a todos nosotros, dijo:

—A ver si hay más silencio en este maldito autobús.

Lo menos que podía decirse era que la orden resultaba totalmente ilógica. El autobús había estado, y estaba, completamente silencioso. Casi todos pensábamos en la situación en que había quedado el «hombre que ríe». No es que nos preocupáramos por él (le teníamos demasiada confianza como para eso), pero nunca habíamos llegado a tomar con calma sus momentos de peligro.

En la tercera o cuarta entrada de nuestro partido de esa tarde, vi a Mary Hudson desde la primera base. Estaba sentada en un banco a unos setenta metros a mi izquierda, hecha un sandwich entre dos niñeras con cochecitos de niño. Llevaba su abrigo de castor, fumaba un cigarrillo y daba la impresión de estar mirando en dirección a nuestro campo. Me emocioné con mi descubrimiento y le grité la información al Jefe, que se hallaba detrás del *pitcher*. Se me acercó apresuradamente, sin llegar a correr.

—¿Dónde? —preguntó.

Volví a señalar con el dedo. Miró un segundo en esa dirección, después dijo que volvía en seguida y salió del campo. Se alejó lentamente, abriéndose el abrigo y metiendo las manos en los bolsillos del pantalón. Me senté en la primera base y observé.

Cuando el Jefe alcanzó a Mary Hudson, su abrigo estaba abrochado nuevamente y las manos colgaban a los lados.

Estuvo de pie frente a ella unos cinco minutos, al parecer hablándole. Después Mary Hudson se incorporó y los dos caminaron hacia el campo de béisbol. No hablaron ni se miraron. Cuando estuvieron en el campo, el Jefe ocupó su posición detrás del *pitcher*.

—¿Ella no va a jugar? —le grité.

Me dijo que cerrara el pico. Me callé la boca y contemplé a Mary Hudson. Caminó lentamente por detrás de la base, con las manos en los bolsillos de su abrigo de castor, y por último se sentó en un banquillo mal situado cerca de la tercera base. Encendió otro cigarrillo y cruzó las piernas.

Cuando los Guerreros estaban bateando, me acerqué a

su asiento y le pregunté si le gustaría jugar en el ala izquierda. Dijo que no con la cabeza. Le pregunté si estaba resfriada. Otra vez negó con la cabeza. Le dije que no tenía a nadie que jugara en el ala izquierda. Que tenía al mismo muchacho jugando en el centro y en el ala izquierda. Toda esta información no encontró eco. Arrojé mi guante al aire, tratando de que aterrizara sobre mi cabeza, pero cayó en un charco de barro. Lo limpié en los pantalones y le pregunté a Mary Hudson si quería venir a mi casa a comer alguna vez. Le dije que el Jefe iba con frecuencia.

—Déjame —dijo—. Por favor, déjame.

La miré sorprendido, luego me fui caminando hacia el banco de los Guerreros, sacando entretanto una mandarina del bolsillo y arrojándola al aire. Más o menos a la mitad de la línea de *foul* de la tercera base, giré en redondo y empecé a caminar hacia atrás, contemplando a Mary Hudson y atrapando la mandarina. No tenía idea de lo que pasaba entre el Jefe y Mary Hudson (y aún no la tengo, salvo de una manera muy somera, intuitiva), pero no podía ser mayor mi certeza de que Mary Hudson había abandonado el equipo comanche para siempre. Era el tipo de certeza total, por independiente que fuera de la suma de sus factores, que hacía especialmente arriesgado caminar hacia atrás, y de pronto choqué de lleno con un cochecito de niño.

Después de una entrada más, la luz era mala para jugar. Suspendimos el partido y empezamos a recoger todos nuestros bártulos. La última vez que vi con claridad a Mary Hudson estaba llorando cerca de la tercera base. El Jefe la había tomado de la manga de su abrigo de castor, pero ella lo esquivaba. Abandonó el campo y empezó a correr por el caminito de cemento y siguió corriendo hasta que se perdió de vista.

El Jefe no intentó seguirla. Se limitó a permanecer de pie, mirándola mientras desaparecía. Luego se volvió, caminó hasta la base y recogió los dos bates; siempre dejábamos que él llevara las bates. Me acerqué y le pregunté si él y Mary Hudson se habían peleado. Me dijo que me metiera la camisa dentro del pantalón.

Como siempre, todos los comanches corrimos los últimos metros hasta el autobús estacionado gritando, empujándonos, probando llaves de lucha libre, aunque todos muy conscientes de que había llegado la hora de otro capítulo de «El hombre que ríe».

Cruzando la Quinta Avenida a la carrera, alguien dejó caer un jersey y yo tropecé con él y me caí de bruces. Llegué al autobús cuando ya estaban ocupados los mejores asientos y tuve que sentarme en el centro. Fastidiado, le di al chico que estaba a mi derecha un codazo en las costillas y luego me volví para ver al Jefe, que cruzaba la Quinta Avenida. Todavía no había oscurecido, pero había esa penumbra de las cinco y cuarto. El Jefe atravesó la calle con el cuello del abrigo levantado y los bates debajo del brazo izquierdo, concentrado en el cruce de la calle. Su pelo negro peinado con agua al comienzo del día, ahora se había secado y el viento lo arremolinaba. Recuerdo haber deseado que el Jefe tuviera guantes.

El autobús, como de costumbre, estaba silencioso cuando él subió, por lo menos relativamente silencioso, como un teatro cuando van apagándose las luces de la sala. Las conversaciones se extinguieron en un rápido susurro o se cortaron de raíz. Sin embargo, lo primero que nos dijo el Jefe fue:

—Bueno, basta de ruido, o no hay cuento.

Instantáneamente, el autobús fue invadido por un silencio incondicional, que no le dejó otra alternativa que ocupar su acostumbrada posición de narrador.

Entonces sacó un pañuelo y se sonó la nariz, metódicamente, un lado cada vez. Lo observamos con paciencia y hasta con cierto interés de espectador. Cuando terminó con el pañuelo, lo plegó cuidadosamente en cuatro y volvió a guardarlo en el bolsillo. Después nos contó el nuevo episodio de «El hombre que ríe». En total, sólo duró cinco minutos.

Cuatro de las balas de Dufarge alcanzaron al «hombre que ríe», dos de ellas en el corazón. Dufarge, que aún se tapaba los ojos con la mano para no verle la cara, se alegró mucho cuando oyó un extraño gemido agónico que salía

de su víctima. Con el maligno corazón latiéndole fuerte,
corrió junto a su hija y la reanimó. Los dos, llenos de rego-
cijo y con el coraje de los cobardes, se atrevieron entonces
a contemplar el rostro del «hombre que ríe». Su cabeza estaba caída como la de un muerto, inclinada sobre su pecho
ensangrentado. Lentamente, con avidez, padre e hija avanzaron para inspeccionar su obra. Pero los esperaba una
sorpresa enorme. El «hombre que ríe», lejos de estar muerto, contraía de un modo secreto los músculos de su abdomen. Cuando los Dufarge se acercaron lo suficiente, alzó
de pronto la cabeza, lanzó una carcajada terrible, y, con
limpieza y hasta con minucia, regurgitó las cuatro balas.
El efecto de esta hazaña sobre los Dufarge fue tan grande
que sus corazones estallaron, y cayeron muertos a los pies
del «hombre que ríe».

(De todos modos, si el capítulo iba a ser corto, podría
haber terminado ahí. Los comanches se las podían haber
ingeniado para racionalizar la muerte de los Dufarge. Pero
no terminó ahí.)

Pasaban los días y el «hombre que ríe» seguía atado al
árbol con el alambre de espinos mientras a sus pies los Dufarge se descomponían lentamente. Sangrando profusa-
mente y sin su dosis de sangre de águila, nunca se había
visto tan cerca de la muerte. Hasta que un día, con voz
ronca, pero elocuente, pidió ayuda a los animales del bosque. Les ordenó que trajeran a Omba, el enano amoroso.
Y así lo hicieron. Pero el viaje de ida y vuelta por la frontera entre París y la China era largo, y cuando Omba llegó
con un equipo médico y una provisión de sangre de águila,
el «hombre que ríe» ya había entrado en coma. El primer
gesto piadoso de Omba fue recuperar la máscara de su
amo, que había ido a parar sobre el torso cubierto de gusa-
nos de Mademoiselle Dufarge. La colocó respetuosamente
sobre las horribles facciones y procedió a curar las he-
ridas.

Cuando al fin se abrieron los pequeños ojos del «hombre que ríe», Omba acercó afanosamente el vaso de sangre
de águila hasta la máscara. Pero el «hombre que ríe» no
quiso beberla. En cambio, pronunció débilmente el nom-

bre de su querido Ala Negra. Omba inclinó su cabeza levemente contorsionada y reveló a su amo que los Dufarge
habían matado a Ala Negra. Un último suspiro de pena,
extraño y desgarrador, partió del pecho del «hombre que
ríe». Extendió débilmente la mano, tomó el vaso de sangre
de águila y lo hizo añicos en su puño. La poca sangre que
le quedaba corrió por su muñeca. Ordenó a Omba que mi-
rara hacia otro lado y Omba, sollozando, obedeció. El último gesto del «hombre que ríe», antes de hurdir su cara en
el suelo ensangrentado, fue el de arrancarse la máscara.

Ahí terminó el cuento, por supuesto. (Nunca habría de
repetirse.) El Jefe puso en marcha el autobús. Frente a mí,
al otro lado del pasillo, Billy Walsh, el más pequeño de los
comanches, se echó a llorar. Nadie le dijo que se ca-
llara. En cuanto a mí, recuerdo que me temblaban las rodillas.

Unos minutos más tarde, cuando bajé del autobús del
Jefe, lo primero que vi fue un trozo de papel rojo que el
viento agitaba contra la base de un farol de la calle. Parecía
una máscara de pétalos de amapola. Llegué a casa con los
dientes castañeteándome convulsivamente, y me dijeron
que me fuera derecho a la cama.

En el bote

Era un poco más de las cuatro de la tarde de un veranillo de San Martín. Unas quince o veinte veces, desde el mediodía, Sandra, la criada, se había apartado de la ventana de la cocina que daba al lago, con la boca apretada en un gesto de disgusto. Esta última vez, al apartarse, ataba y desataba distraídamente las cintas de su delantal, aprovechando el escaso juego que le permitía su enorme cintura. Después regresó a la mesa esmaltada y depositó su cuerpo gallardamente uniformado en la silla que estaba frente a la señora Snell. La señora Snell había terminado la limpieza y el planchado y tomaba su habitual taza de té antes de dirigirse a pie hasta la parada del autobús. La señora Snell tenía el sombrero puesto. Era el mismo e interesante sombrero de fieltro negro que había usado, no sólo durante todo el verano pasado, sino en los últimos tres veranos, pasando por olas monstruosas de calor, transformaciones del sistema de vida, docenas de tablas de planchar y timones de innumerables aspiradoras. Aún tenía dentro la etiqueta de Hattie Carnegie, gastada pero (podríamos decir) invicta.

—No voy a preocuparme —anunció Sandra, por quinta o sexta vez, dirigiéndose tanto a sí misma como a la señora Snell—. Me he propuesto no preocuparme. Total, ¿para qué?

—Claro —dijo la señora Snell—. Yo no me preocuparía. De verdad que no. Alcánceme el bolso, querida.

En la alacena había un bolso de cuero, sumamente gastado, pero que conservaba dentro una etiqueta tan imponente como la del sombrero de la señora Snell. Sandra pudo alcanzarlo sin incorporarse. Lo tendió por encima de la mesa a la señora Snell, quien lo abrió y sacó un paquete de cigarrillos mentolados y una cajita de fósforos del Stork Club.

La señora Snell encendió un cigarrillo y se llevó luego la taza de té a la boca, pero inmediatamente la depositó de nuevo en el platillo.

—Si esto no se enfría de una vez, voy a perder el autobús. —Miró a Sandra, que clavaba la vista con desaliento en los recipientes de cobre alineados contra la pared—. Deje de preocuparse —ordenó la señora Snell—. ¿Qué va a sacar con preocuparse? O él se lo dice o no se lo dice. Nada más. ¿Qué gana con preocuparse?

—No estoy preocupada —contestó Sandra—. Lo último que pienso hacer es preocuparme. Pero es que una se vuelve loca con ese chico rondando por la casa como un gato. No se le oye, ¿me entiende? Quiero decir que nadie puede oírlo, ¿se da cuenta? El otro día estaba pelando guisantes, justo aquí, en esta mesa, y casi le piso la mano. Estaba sentado justo debajo de la mesa.

—Bueno, yo que usted no me preocuparía.

Una tiene que pensar cada palabra que dice cuando él anda por ahí —dijo Sandra—. Es para volverse loca.

—Esto todavía no se puede beber —dijo la señora Snell—. Es terrible. Tener que cuidarse para decir cada palabra y todo lo demás.

—Como para volverse loca. ¡En serio! La mitad del tiempo estoy medio loca. —Sandra sacudió de su falda unas migas de pan inexistentes y resolló—: ¡Un chiquillo de cuatro años!

—Es un niño bastante guapo —dijo la señora Snell—. Con esos ojos marrones tan grandes, y todo...

Sandra volvió a resollar:

—Va a tener una nariz igual que la de su padre. —Alzó la taza y bebió su té sin dificultad—. No sé para qué van a quedarse aquí todo el mes de octubre —dijo descontenta, bajando la taza—. Quiero decir que ninguno de ellos se acerca ya al agua. Ella no va, él tampoco, el chico menos. Nadie se baña ya. Ni siquiera sacan ahora ese asqueroso bote. No sé por qué tiraron el dinero de esa manera.

—No sé cómo hace para tomarlo. Yo ni siquiera puedo probar el mío.

Sandra fijó su mirada rencorosa en la pared opuesta:

—Voy a estar muy contenta cuando vuelva a la ciudad. Lo digo en serio. Odio este lugar de locos. —Miró con hostilidad a la señora Snell—. Usted no tiene problemas, usted vive aquí todo el año. Tiene aquí su vida social y todo eso. A usted no le importa.

—Voy a tomar este té aunque me muera —dijo la señora Snell, mirando el reloj que estaba sobre la cocina eléctrica.

—¿Qué haría usted si estuviera en mi lugar? —preguntó Sandra bruscamente—. ¿Qué haría? Diga la verdad.

Era de ese tipo de preguntas en las que la señora Snell se deslizaba con tanta voluptuosidad como si se tratara de un abrigo de armiño. Inmediatamente dejó su taza sobre la mesa.

—Bueno, en primer lugar —dijo—, no me preocuparía. Lo que haría sería buscar otro...

—No me preocupo —interrumpió Sandra.

—Ya sé, pero lo que yo haría sería conseguirme...

Se abrió la puerta de vaivén que comunicaba con el comedor y entró en la cocina Boo Boo Tannenbaum, la señora de la casa. Era una chica menuda, prácticamente sin caderas, de veinticinco años, con un pelo sin personalidad, incoloro, quebradizo, recogido detrás de las orejas, que eran muy grandes. Llevaba pantalones vaqueros hasta la rodilla, un jersey negro de cuello alto, calcetines y zapatillas. Aparte de la gracia de su nombre, aparte de su falta general de belleza, era —pensando en esas caras pequeñas, siempre memorables, extraordinariamente sensibles— una chica apabullante, definitiva. Fue directamente a la nevera y la abrió. Mientras escudriñaba el interior, con las piernas separadas y las manos sobre las rodillas, silbaba desafinadamente entre dientes, llevando el compás con pequeños movimientos pendulares y despreocupados del trasero. Sandra y la señora Snell se quedaron calladas. Despaciosamente, la señora Snell apagó el cigarrillo.

—Sandra...

—¿Sí, señora? —Sandra miró atentamente más allá del sombrero de la señora Snell.

—¿No quedan más pepinillos? Quiero llevarle algunos.

—Se los comió —informó Sandra—. Se los comió anoche, antes de irse a la cama. Quedaban dos, nada más.

—Oh. Bueno, entonces compraré más cuando vaya a la estación. Pensé que a lo mejor podía convencerlo de que saliera de ese bote —Boo Boo cerró la puerta de la nevera y fue a mirar por la ventana que daba al lago. Desde allí preguntó—: ¿Necesitamos alguna otra cosa?

—Sólo pan.

—Le dejé el cheque sobre la mesa del living, señora Snell. Gracias.

—Está bien —dijo la señora Snell—. Parece que Lionel se va a escapar. — Rió brevemente.

—Así parece —dijo Boo Boo, y metió las manos en los bolsillos de atrás.

—Al menos, no se escapa muy lejos —dijo la señora Snell, dejando oír otra breve risa.

Junto a la ventana, Boo Boo cambió un poco de posición para no dar directamente la espalda a las dos mujeres sentadas a la mesa.

—No —dijo, y se acomodó un mechón de pelo detrás de una oreja. Y agregó, sólo como información adicional—: Desde los dos años se escapa de forma sistemática. Pero nunca muy lejos. Creo que lo más lejos que llegó, en la ciudad, fue al Mall, en el Central Park. Sólo a dos manzanas de casa. Se quedaba allí para decirle adiós a papá.

Las dos mujeres sentadas a la mesa rieron.

—El Mall es donde todos van a patinar en Nueva York —dijo Sandra, muy amablemente, a la señora Snell—. Los chicos y todo el mundo.

—Ah —exclamó la señora Snell.

—No tenía más de tres años. Fue el año pasado —dijo Boo Boo, sacando un paquete de cigarrillos y una cajita de fósforos de un bolsillo lateral de sus vaqueros. Encendió un cigarrillo, mientras las dos mujeres la contemplaban con interés—. Menuda conmoción. Toda la policía buscándolo.

—¿Lo encontraron? —preguntó la señora Snell.

—¡Claro que lo encontraron! —dijo Sandra con desdén—. ¿Qué se cree? Lo encontraron a las once y cuarto de la noche, en pleno mes de... Dios mío, febrero, creo. Ni un chico en todo el parque. Nada más que asaltantes, supongo, y un buen hatajo de vagabundos degenerados. Estaba sentado en el suelo donde toca la banda, haciendo rodar una canica por una grieta. Casi muerto de frío y con un aspecto de...

—¡Dios mío! —dijo la señora Snell—. ¿Por qué lo hizo? Quiero decir, ¿de qué se escapaba?

Boo Boo lanzó una voluta de humo, defectuosa, hacia uno de los cristales de la ventana.

—Parece que esa tarde uno de los chicos en el parque le había dicho, para que se fuera: «Apestas, nene». Al menos creemos que lo hizo por eso. Yo no sé, señora Snell. Es bastante complicado para mí.

—¿Desde cuándo lo hace? —preguntó la señora Snell—. Quiero decir, ¿desde cuándo se escapa?

—Bueno, a la edad de dos años y medio —dijo Boo Boo como si estuviera haciendo una biografía— se refugió debajo del fregadero, en el sótano de nuestra casa de pisos. En el lavadero. Noemí «no-sé-qué», una íntima amiga suya, le dijo que tenía una lombriz en un termo. Por lo menos, eso fue todo lo que le pudimos sacar. —Boo Boo suspiró y se apartó de la ventana con una larga columna de

ceniza en el cigarrillo. Se encaminó hacia la puerta mosquitero—. Voy a probar otra vez —dijo a manera de despedida.

Las otras dos mujeres se echaron a reír.

—Mildred —dijo Sandra, riéndose aún y dirigiéndose
a la señora Snell—. Va a perder el autobús si no se da
prisa.

Boo Boo cerró la puerta mosquitero al salir.

Estaba de pie en la suave pendiente del jardín de su casa,
con el último sol de la tarde brillando a sus espaldas. Dos-
cientos metros más allá, su hijo Lionel se hallaba sentado
en el asiento de popa del bote de su padre. Amarrado, y
con la vela mayor y el foque recogidos, el bote flotaba en
un ángulo perfectamente recto con la punta del muelle. A
unos veinte metros flotaba, vuelto hacia abajo, un esquí
acuático abandonado o perdido, pero no había en el lago
embarcaciones deportivas. Apenas se veía la popa de la
lancha municipal que se dirigía al embarcadero de Leech.
A Boo Boo le resultaba bastante difícil mantener su vista
fija en Lionel. El sol, aunque no era especialmente fuerte,
resplandecía tanto que cualquier objeto más o menos dis-
tante —un chico, un bote— oscilaba y se refractaba como
un palito en el agua. Al cabo de dos o tres minutos, Boo
Boo desistió de forzar la vista. Apagó el cigarrillo al estilo
marinero y echó a andar hacia el muelle.

Era el mes de octubre, y el calor reflejado en los tablo-
nes del muelle no le daba ya en la cara. Caminaba silbando
entre dientes «Kentucky Babe». Cuando llegó a la punta
del muelle, se agachó justo en el borde, haciendo sonar sus
rodillas, y contempló a Lionel. Se hallaba a menos de un
largo de remo. Lionel no la miró.

—¡Eh! —dijo Boo Boo—. Amigo. Pirata. Estoy de
vuelta.

Sin dirigirle la mirada, Lionel pareció sentir bruscamente la necesidad de exhibir su maestría como navegante. Giró el timón todo lo que pudo hacia la derecha, e inmediatamente después lo acercó otra vez de un tirón a su

cuerpo. Mantenía los ojos fijos en la cubierta del bote.

—Soy yo —dijo Boo Boo—, el vicealmirante Tannenbaum. Antes Glass. He venido a inspeccionar a los cadetes.

Esta vez hubo respuesta.

—No eres un almirante. Eres una señora —dijo Lionel. Sus frases generalmente se cortaban por lo menos una vez debido a un inadecuado dominio de la respiración, por lo que a menudo las palabras que quería destacar se apagaban en lugar de elevarse. Boo Boo no sólo escuchaba su voz; parecía como si quisiera verla.

—¿Quién te lo dijo? ¿Quién te dijo que no era un almirante?

Lionel contestó, pero en forma inaudible.

—¿Quién? —dijo Boo Boo.

—Papá.

Siempre en cuclillas, Boo Boo puso su mano izquierda entre las piernas, apoyándose en las tablas del muelle para mantener el equilibrio.

—Tu papá es un buen tipo —dijo—, pero es un vulgar marinero de agua dulce. Es cierto que, cuando estoy en puerto, soy una señora. Es totalmente cierto. Pero también lo es que mi vocación ha sido, es y será siempre navegar por...

—Tú no eres un almirante —dijo Lionel.

—¿Cómo dices?

—Que no eres un almirante. Eres siempre una señora.

Hubo una corta pausa. Lionel la llenó cambiando otra vez el rumbo de su nave; se aferraba al timón con los dos brazos. Llevaba pantalones cortos de color caqui y una camisa blanca, limpia, con un dibujo estampado en el pecho que representaba a Jerónimo el Avestruz tocando el violín. Tenía la piel bronceada, y su cabello, casi idéntico al de la madre en color y tersura, estaba un poco descolorido por el sol.

—Mucha gente cree que yo no soy un almirante —dijo Boo Boo, observándolo—, porque no me paso la vida pregonándolo. —Sin perder el equilibrio, sacó un cigarrillo y los fósforos de un bolsillo lateral de los vaqueros—. Casi nunca siento la tentación de hablar de mi jerarquía con la gente y menos con chicos que ni siquiera me miran cuando les hablo. Me darían de baja si lo hiciera.

Sin encender el cigarrillo, se puso de pie bruscamente, se irguió de una manera exagerada, hizo un óvalo con el pulgar y el índice de la mano derecha, lo acercó a la boca y emitió un sonido parecido al toque de un clarín. Lionel alzó instantáneamente la mirada. Seguramente se había dado cuenta de que el toque era falso, pero de todos modos se quedó boquiabierto. Boo Boo repitió el toque, una peculiar combinación de diana y silencio, tres veces, sin interrupción. Luego, ceremoniosamente, hizo un saludo militar hacia la orilla opuesta. Cuando por fin se puso de nuevo en cuclillas sobre el muelle, lo hizo con el máximo pesar, como si se hubiera sentido profundamente emocionada por una de las virtudes de la tradición naval inaccesible para el público y los niños pequeños. Echó un vistazo al reducido horizonte del lago y luego pareció recordar que no estaba sola. Miró hacia abajo con aire digno, hacia donde estaba Lionel, que seguía boquiabierto.

—Ese toque de clarín es secreto. Sólo los almirantes pueden oírlo. —Encendió el cigarrillo y apagó el fósforo con una teatral bocanada de humo, larga y fina—. Si alguien se entera de que te he permitido oír ese toque... —Movió la cabeza y nuevamente fijó en el horizonte el sextante del ojo.

—Hazlo otra vez.

—Imposible.

—¿Por qué?

Boo Boo se encogió de hombros.

—Demasiada oficialidad subalterna, para empezar. —Cambió de posición, adoptando la postura india, con las piernas cruzadas. Se subió los calcetines—. Te diré lo que voy a hacer —dijo con tono práctico—. Si me dices por qué te escapas, te haré todos los toques secretos de clarín que conozco. ¿De acuerdo?

Lionel volvió a fijar su mirada en el fondo del bote.

—No.

—¿Por qué no?

—Porque no.

—¿Pero por qué?

—Porque no quiero —dijo Lionel, y para enfatizar tiró del timón.

Boo Boo se protegió la parte derecha de la cara del resplandor del sol.

—Me dijiste que no te volverías a escapar —dijo—. Hablamos del asunto y me dijiste que todo eso se había terminado. Me lo habías prometido.

Lionel contestó algo, pero no se oyó.

—¿Cómo? —dijo Boo Boo.

—Yo no prometí nada.

—Me lo prometiste. Ya lo creo que me lo prometiste.

Lionel empezó de nuevo a maniobrar su embarcación.

—Si eres un almirante —dijo—, ¿dónde está tu flota?

—Mi flota. Celebro que me hayas hecho esa pregunta —dijo Boo Boo, y empezó a deslizarse hacia el bote.

—¡Sal de aquí! —ordenó Lionel, pero sin gritar y manteniendo la vista baja—. No puede subir nadie.

—¿No? —El pie de Boo Boo ya tocaba la proa del bote. Obediente, lo retiró—. ¿Absolutamente nadie? —De nuevo se sentó al estilo indio—. ¿Por qué no?

La respuesta de Lionel fue completa, pero otra vez demasiado baja.

—¿Qué? —dijo Boo Boo.

—Porque no está permitido.

Boo Boo, sin desviar la vista del niño, se mantuvo en silencio durante un minuto; luego dijo:

—Lamento saberlo. Me encantaría subir a tu bote. Te echo tanto de menos... Te extraño mucho. Me pasé todo el día sola en casa, sin nadie con quien hablar.

Lionel no movió el timón. Estudió la fibra de la madera de la barra.

—Puedes hablar con Sandra —dijo.

—Sandra está ocupada —dijo Boo Boo—. De todos modos, no quiero hablar con Sandra. Quiero hablar contigo. Quiero subir a tu bote y hablar contigo.

—Puedes hablar desde ahí.

—¿Cómo?

—Puedes hablar desde ahí.

—No, no puedo. Estás demasiado lejos. Tengo que acercarme.

Lionel movió el timón.

—Nadie puede subir a bordo —dijo.

—¿Cómo?

—Nadie puede subir a bordo.

—Bueno, entonces, ¿puedes decirme desde ahí por qué te escapaste —preguntó Boo Boo—, después de haberme dicho que no volverías a hacerlo?

Cerca del asiento de popa, en el fondo del bote, había unas gafas de bucear. Como respuesta, Lionel tomó la correa de la máscara entre el dedo gordo y el segundo de su pie izquierdo y, con un rápido y hábil movimiento de la pierna, arrojó las gafas al agua, que se hundieron inmediatamente.

—¡Qué bien! ¡Qué gran idea! —dijo Boo Boo—. Eran de tu tío Webb. Se va a poner muy contento. —Aspiró una bocanada—. Antes habían sido de tu tío Seymour.

—No me importa.

—Ya sé. Ya veo que no te importa —dijo Boo Boo. Su cigarrillo formaba un ángulo muy cerrado con sus dedos: la brasa ardía peligrosamente cerca de uno de sus nudillos. De pronto sintió el calor y dejó caer el cigarrillo al lago. Acto seguido sacó algo de uno de sus bolsillos laterales. Era un paquete, más o menos del tamaño de un mazo de naipes, envuelto en papel blanco y atado con una cinta verde.

—Es un llavero —dijo, sintiendo cómo la mirada del chico se alzaba hasta ella—. Igual que el de papá. Pero tiene más llaves que el llavero de papá. Éste tiene diez llaves.

Lionel se inclinó hacia delante en su asiento, soltando el timón. Extendió las manos hacia el paquete.

—¿Me lo tiras? —dijo—. Sé buena.

—Vamos a pensarlo un poco, Rayito de Sol. Tengo que meditarlo. En realidad, debería tirar ese llavero al lago.

Lionel la miró con la boca abierta. Cerró la boca.

—Es mío —dijo, pero con una entonación cada vez menos imperiosa.

Boo Boo lo miró y se encogió de hombros.

—No me importa.

Lionel se arrellanó lentamente en su asiento, observando a su madre, y estiró la mano hacia atrás para tomar el timón. Sus ojos reflejaban una pura percepción, tal como su madre imaginaba.

—Toma —Boo Boo le tiró el paquetito, que aterrizó perfectamente entre sus piernas.

Lionel lo contempló un momento, lo examinó en su mano y luego lo tiró al agua. Inmediatamente miró a su madre, pero en sus ojos no había desafío, sino lágrimas. Un segundo después su boca se distorsionaba hasta tomar la forma de un ocho horizontal y se ponía a llorar copiosamente.

Boo Boo se incorporó, con cuidado, como alguien a quien se le ha dormido un pie, y pasó al bote. Un instante después estaba sentada en el asiento de popa, con el navegante en su falda, y lo mecía y le besaba la nuca y le hablaba:

—Los marineros no lloran, querido, los marineros nunca lloran. Sólo cuando se les hunde el barco. O cuando naufragan, y están en la balsa, sin nada para beber salvo...

—Sandra... le dijo a la señora Snell... que papá es un moisés grandote y estúpido.

Imperceptiblemente, Boo Boo hizo una mueca, pero sacó al chico de su regazo y lo puso de pie frente a ella y le retiró el pelo de la frente.

—¡Con que dijo eso, eh!

Lionel asintió enérgicamente con la cabeza. Se acercó, llorando aún, para ponerse entre las piernas de su madre.

—Bueno, no es algo tan terrible —dijo Boo Boo, aprisionándole entre sus brazos y sus piernas. No es lo peor que podía suceder. —Suavemente mordió la oreja del chico—. ¿Tú sabes lo que es un moisés, querido?

Lionel o no quiso o no pudo contestar en seguida. Por lo menos esperó a que disminuyera el hipo que siguió a sus lágrimas. A continuación contestó, en forma ahogada, pero comprensible, con el rostro hundido en la tibieza del cuello de Boo Boo.

—Es una de esas cosas para llevar bebés —dijo—. De mimbre, con asas.

Boo Boo apartó un poco a su hijo para observarlo mejor. Luego le metió una mano traviesa en el interior del pantalón, lo que le sorprendió mucho, pero la retiró en seguida y decorosamente le metió la camisa dentro del pantalón.

—Te diré lo que vamos a hacer —dijo—. Iremos en coche al pueblo y compraremos unos pepinillos y algo de pan, y comeremos pepinillos en el coche, y después iremos a la estación a esperar a papá, y luego lo traeremos a casa y haremos que nos lleve a pasear en el bote. Tú le ayudarás a bajar las velas. ¿De acuerdo?

—De acuerdo —dijo Lionel.

No volvieron caminando a la casa, sino que hicieron una carrera. Ganó Lionel.

Para Esmé, con amor y sordidez

Hace poco recibí por vía aérea una invitación para asistir a una boda que se celebrará en Inglaterra el dieciocho de abril. Me hubiera gustado mucho asistir y, al principio, cuando llegó la invitación, pensé que tal vez podría realizar el viaje, por avión, sin reparar en gastos. Pero desde entonces he tratado el asunto bastante detenidamente con mi mujer —una chica muy sensata— y decidimos que no iría; simplemente, había olvidado por completo que mi suegra esperaba ansiosamente el momento de pasar con nosotros la segunda quincena de abril. En realidad, no tengo demasiadas oportunidades de ver a mamá Grencher, y ella cada día es un poco mayor. Tiene cincuenta y ocho años (como ella misma es la primera en confesar).

Pero, de todos modos, donde quiera que esté, no soy de las personas que no mueven un dedo para evitar que fracase una boda. Así que puse manos a la obra e hice algunos reveladores apuntes sobre la novia tal como la conocí hace ya casi seis años. Si estos apuntes le proporcionan al novio, a quien no conozco, uno o dos momentos de malestar, tanto mejor. Aquí nadie intenta complacer a nadie, sino más bien edificar, instruir.

En abril de 1944 yo formaba parte de un grupo de unos reclutas norteamericanos que participaban en un curso de entrenamiento «pre-invasión», bastante especializado, bajo la dirección del Servicio de Inteligencia inglés, en Devon, Inglaterra. Cuando me pongo a pensar en el grupo creo que todos éramos bastante singulares, en el sentido de. que no había un sólo tipo sociable. Todos éramos por naturaleza escritores de cartas, y cuando nos hablábamos por motivos ajenos al servicio, casi siempre era para pedirle a alguien un poco de tinta que no le hiciera falta. Cuando no estábamos escribiendo cartas o asistiendo a clase, cada uno andaba generalmente en lo suyo. Yo aprovechaba los días buenos para dar vueltas por los alrededores. Cuando llovía buscaba un lugar a cubierto y me ponía a leer algún libro, a veces a pocos pasos de una mesa de ping-pong.

El curso de entrenamiento duró tres semanas y terminó un sábado especialmente lluvioso. A las siete de la tarde todo nuestro grupo debía tomar el tren a Londres, donde, según se rumoreaba, íbamos a ser destinados a las divisiones de infantería y de paracaidistas organizadas para el día de la invasión. A las tres de la tarde ya había guardado todas mis pertenencias en mi macuto, incluyendo una funda para máscara antigás repleta de libros que yo había traído conmigo desde el otro lado del océano. (La máscara antigás había sido arrojada unas semanas antes por un ojo de buey del *Mauretania,* pues yo sabía perfectamente que si el enemigo, alguna vez, llegaba a emplear gases asfixiantes, jamás podría ponerme a tiempo el maldito aparato.) Recuerdo haberme quedado de pie durante mucho tiempo junto a la ventana en un extremo de nuestro barracón, mirando caer la lluvia inclinada y pertinaz, con un ligero escozor apenas o nada perceptible en el dedo del gatillo. Podía oír a mis espaldas el poco acogedor rasgar de muchas estilográficas sobre muchas hojas de papel de avión. De pronto, sin tener un plan definido, me aparté de la ventana y me puse el impermeable, la bufanda de cachemira, las botas de agua, los guantes de lana y el gorro (el cual, según me dijeron, yo llevaba con una inclinación particular, ligeramente hundido sobre las orejas). Acto seguido, después de sincronizar mi reloj con el de la letrina, me dirigí hacia el pueblo bajando por la larga cuesta adoquinada, mojada por la lluvia. No presté atención a los relámpagos que estallaban a mi alrededor. Los rayos o están destinados a uno, o no lo están.

En el centro del pueblo, tal vez la parte más mojada del lugar, me detuve frente a una iglesia para leer los avisos de la pizarra, porque me habían llamado la atención los números, blancos sobre fondo negro, y también porque, al cabo de tres años de ejército, me había aficionado a leer los avisos de las pizarras. A las tres y cuarto, decía el anuncio, iba a ensayar el coro infantil. Miré mi reloj, y después otra vez la pizarra. Habían clavado con chinchetas una hoja de papel con los nombres de los niños que debían participar. De pie bajo la lluvia leí todos los nombres y luego entré en la iglesia.

Sentados en los bancos había más o menos una docena de adultos, la mayoría de ellos con pequeñas botas de agua sobre las rodillas, con las suelas hacia arriba. Pasé de largo y me senté en la primera fila. Sobre el podio, sentados en tres filas compactas de sillas, había unos veinte chicos, la mayoría niñas, de siete a trece años de edad, más o menos. En ese momento la instructora del coro, una mujer enorme con un traje de tweed, les aconsejaba que al cantar abrieran la boca todo lo posible. ¿Alguna vez, preguntó, alguien oyó hablar de algún pajarito que se atreviera a cantar su hermoso canto sin abrir su piquito mucho, mucho, mucho? Al parecer, nadie había oído hablar nunca de tal cosa. La mujer recibió como respuesta una mirada colectiva firme y opaca. Luego continuó diciendo que quería que todos sus niños captaran el significado de las palabras que cantaban, y que no se limitaran a repetirlas como loritos. En seguida hizo sonar una nota en el diapasón y los chicos, como si fuesen levantadores de pesas, alzaron sus libros de himnos.

Cantaron sin acompañamiento instrumental o, más exactamente, sin interferencias. Sus voces eran melodiosas y sin sentimiento. Posiblemente un hombre más religioso que yo hubiera caído en trance sin demasiado esfuerzo. Alguno que otro de los más pequeños se retrasaba un poco, pero únicamente la madre del compositor se lo hubiera reprochado. Nunca hasta entonces había oído ese himno, pero estaba deseando que tuviera una docena o más de estrofas. Mientras escuchaba, escudriñé las caras de todos los niños. Me atrajo particularmente la atención la de la niña más próxima a mí, situada en el último asiento de la fila de delante. Tendría unos trece años, con un pelo rubio ceniciento que le caía hasta el lóbulo de la oreja, una frente exquisita y unos ojos aburridos que, pensé, muy posiblemente ya habrían hecho el recuento de los que estaban presentes en la sala. Su voz se destacaba de la de los otros chicos, y no solamente porque estaba más cerca de mí. Tenía el mejor registro alto, el más seguro, el más dulce, y automáticamente guiaba a los demás. Pero la jovencita parecía estar levemente hastiada de su propia capacidad para cantar, o tal vez simplemente de estar allí. Dos veces, entre una estrofa y otra, la vi bostezar. Era un bostezo de dama, con la boca cerrada, pero uno no podía equivocarse: las aletas de la nariz la delataban.

Apenas terminó el himno, la instructora empezó a dar su extensa opinión sobre la gente que no puede tener los pies quietos y la boca cerrada durante el sermón del pastor. Comprendí que había terminado la parte cantada de la función y antes de que la voz disonante de la instructora lograra romper del todo el hechizo del canto de los niños, me levanté y salí de la iglesia.

Llovía con más fuerza. Bajé por la calle y miré a través de la vidriera de la sala de juegos de la Cruz Roja, pero había soldados agolpados de a tres en fondo frente al mostrador. Incluso a través del cristal podía oír las pelotas de ping-pong que rebotaban en la otra habitación. Crucé la calle y entré en una cafetería de civiles, totalmente desierta salvo una camarera de mediana edad que me dio la sensación de que hubiera preferido un cliente con el impermeable seco. Lo colgué con el máximo cuidado de un perchero y después me senté a una mesa y pedí té y tostadas con canela. Era la primera vez que hablaba con alguien en todo el día. Después hurgué en todos mis bolsillos, incluso los del impermeable, y por fin encontré dos o tres cartas marchitas para releer, una de mi mujer, que contaba qué mal estaba el servicio en el restaurante de Schrafft's, y una de mi suegra, que pedía que por favor le mandara un tejido de cachemira en cuanto pudiera escaparme del «campamento».

Estaba todavía en mi primera taza de té, cuando entró en la cafetería la jovencita del coro que yo había estado mirando y escuchando. Traía el pelo empapado y se le veían los bordes de ambas orejas. Venía con un niño muy pequeño, sin ninguna duda su hermano, al que le quitó el gorro, levantándolo con dos dedos, como si fuera un espécimen de laboratorio. Atrás venía una mujer de aspecto eficiente, con un sombrero de fieltro de ala baja, presuntamente su institutriz. La chica del coro, quitándose el abrigo mientras caminaba, eligió la mesa. Una buena elección desde mi punto de vista, ya que estaba justamente frente a mí, a unos tres metros. Ella y la institutriz se sentaron. El chiquillo, que tendría cinco años, aún no estaba listo para sentarse. Se apartó y se quitó la bufanda, luego, con la expresión impávida de quien ha nacido para fastidiar a los demás, se dispuso metódicamente a molestar a la institutriz empujando varias veces su silla hacia delante y hacia atrás, mientras la observaba atentamente. La institutriz, sin levantar la voz, le ordenó dos o tres veces que se sentara y que, de una vez por todas, dejara de jorobar, pero sólo cuando le habló su hermana desistió y depositó el trasero en el asiento. Inmediatamente tomó la servilleta y se la puso en la cabeza. Su hermana la recogió, la abrió y se la colocó extendida sobre los muslos.

Cuando les trajeron el té, la jovencita del coro descubrió que yo los estaba mirando. Me miró a su vez fijamente, con esos ojos escrutadores que tenía, y luego, de pronto, me dedicó una pequeña y especial sonrisa. Era una sonrisa curiosamente radiante, como a veces lo son esas pequeñas y especiales sonrisas. Yo le respondí con otra sonrisa, mucho menos radiante, tapándome con el labio superior un empaste provisional, negro como el carbón, que me habían hecho en el ejército entre dos dientes delanteros. De pronto me di cuenta de que la jovencita estaba de pie, con envidiable aplomo, junto a mi mesa. Tenía puesto un vestido escocés, creo que con los colores del clan Campbell. Me pareció un vestido maravilloso para una señorita tan joven en un día tan, tan lluvioso.

—Creía que los norteamericanos odiaban el té.

No era la observación de una marisabidilla, sino de una persona que amaba la verdad o las estadísticas. Le dije que algunos no tomábamos nada más que té. Le pregunté si quería acompañarme. Respondió:

—Gracias. Tal vez sólo por un momento.

Me incorporé y le retiré una silla, la que estaba frente a mí, y se sentó en el borde, manteniendo la columna dorsal fácil y primorosamente derecha. Volví casi corriendo a mi propia silla, más que dispuesto a participar en la conversación. Aunque una vez sentado no se me ocurrió nada que decir. Sonreí de nuevo, ocultando siempre el empaste renegrido. Comenté que, por cierto, hacía un tiempo terrible fuera.

—Sí, efectivamente —dijo mi invitada, con el tono claro, inconfundible, de quien aborrece la charla intrascendente. Apoyó los dedos en el borde de la mesa, como en una sesión de espiritismo, y luego, casi instantáneamente, cerró las manos: tenía las uñas comidas hasta la carne. Usaba un reloj pulsera de aspecto militar, que parecía más bien un cronómetro marino. La esfera era demasiado grande para su muñeca menuda.

—Usted estuvo presente en el ensayo del coro —dijo a título de mera información—. Yo lo vi.

Dije que efectivamente había estado allí y que había notado cómo su voz se destacaba de las otras. Le dije que en mi opinión su voz era muy bonita.

Asintió con la cabeza:

—Lo sé. Voy a ser cantante profesional.

—¿De veras? ¿Ópera?

—No, por Dios. Voy a cantar jazz en la radio y a ganar mucho dinero. Y cuando tenga treinta años me voy a retirar y viviré en un rancho en Ohio. —Se tocó la coronilla húmeda con la mano abierta—. ¿Conoce Ohio? —preguntó.

Le dije que había pasado por allí en el tren algunas veces, pero que en realidad no lo conocía. Le ofrecí una tostada con canela.

—No, gracias —dijo—. En realidad soy como un pajarito para comer.

Yo mordí una tostada, y le comenté que en los alrededores de Ohio hay algunos sitios bastante salvajes.

—Ya sé. Me lo dijo un norteamericano que conocí. Usted es el undécimo norteamericano que conozco.

La institutriz le hacía ahora apremiantes señales de que volviera a su mesa, en fin, de que dejara de molestar al señor. Mi invitada, no obstante, desplazó tranquilamente su silla dos o tres centímetros de modo que su espalda interrumpió toda posible comunicación con la mesa de origen.

—Usted va a esa escuela del Servicio de Inteligencia ahí, en el cerro, ¿no? —preguntó con displicencia.

Yo, bastante convencido de la necesidad de no hablar de más en tiempos de guerra, dije que estaba en Devonshire por motivos de salud.

—¿De veras? —dijo—. No nací ayer, ¿sabe?

Le dije que, por supuesto, sabía que no había nacido ayer. Bebí un sorbo de té. Me estaba intimidando un poco mi posición y entonces me senté algo más derecho en la silla.

—Para ser norteamericano, parece usted bastante inteligente —murmuró mi invitada, pensativa.

Le dije que eso me parecía una cosa demasiado afectada para decir, si uno lo pensaba un poco, y que yo confiaba en que no fuera digna de ella.

Se sonrojó, proporcionándome automáticamente el aplomo que me había estado faltando.

—En realidad... la mayoría de los americanos que he visto se comportan como animales. Se pasan el tiempo dándose trompazos unos a otros, insultando a todo el mundo y... ¿sabe qué hizo uno de ellos? —Moví negativamente la cabeza.

—Arrojó una botella de whisky vacía a través de la ventana de mi tía. Por suerte, la ventana estaba abierta. Dígame, ¿a usted le parece una cosa inteligente?

No parecía serlo especialmente, pero no se lo dije. Le dije que había muchos soldados, en todo el mundo, que estaban lejos de sus hogares, y que muy pocos habían podido disfrutar verdaderamente de la vida. Le dije que creía que la mayoría de las personas podía imaginárselo por su cuenta.

—Posiblemente —dijo mi invitada, sin convicción. Nuevamente se puso la mano sobre el pelo húmedo, separó algunos rubios y finos mechones y trató de cubrirse los bordes de las orejas—. Tengo el pelo empapado —dijo—. Debo de tener un aspecto horrible. —Me miró—. Mi pelo es completamente ondulado cuando está seco.

—Ya me doy cuenta, ya lo veo.

—En realidad, no rizado, sino ondulado —dijo—. ¿Es usted casado?

Dije que sí.

Asintió con la cabeza.

—¿Está usted profundamente enamorado de su mujer? ¿Le estoy haciendo preguntas demasiado indiscretas?

Le dije que cuando considerara que lo eran, se lo diría.

Adelantó las manos y las muñecas hacia el centro de la mesa, y recuerdo que quise hacer algo con ese enorme reloj pulsera que llevaba puesto... posiblemente aconsejarle que se lo pusiera en la cintura.

—Por lo general, no soy muy gregaria —dijo, y me miró como tratando de ver si yo conocía el significado de la palabra. Yo no le di a entender nada sin embargo, ni en un sentido ni en otro—. Me acerqué pura y simplemente porque parecía estar usted muy solo. Se le ve en el rostro que es muy sensible.

Dije que tenía razón, que efectivamente me había sentido muy solo, y que me alegraba mucho de que ella hubiera venido a mi mesa.

—Estoy tratando de ser más compasiva. Mi tía dice que soy terriblemente fría —dijo, y de nuevo se tocó la cabeza—. Vivo con mi tía. Es una mujer sumamente bondadosa. Desde que murió mamá, ha hecho todo lo posible para que Charles y yo nos sintamos adaptados.

—Me alegro.

—Mi madre era terriblemente inteligente. Muy sensual, en muchos sentidos. —Me miró con una especie de fresca agudeza—. ¿Yo le parezco terriblemente fría?

Le dije que no, en absoluto, muy al contrario. Le dije mi nombre y le pregunté el suyo.

Vaciló.

—Mi primer nombre es Esmé. Creo que, por el momento, no voy a decirle mi nombre completo. Tengo un título nobiliario y a lo mejor a usted le impresionan los títulos. A los norteamericanos les suele ocurrir, ¿no es cierto?

Dije que no creía que me ocurriera a mí, pero que, de todos modos, podría ser una buena idea no tocar el asunto del título por ahora.

En ese preciso momento, sentía el cálido aliento de alguien en mi nuca. Me volví, y pude evitar a tiempo un choque entre mi nariz y la del hermanito de Esmé.

Ignorándome, el chico se dirigió a su hermana con una voz atiplada:

—La señorita Megley dice que vuelvas y termines de tomar el té. —Transmitido el mensaje, se instaló en la silla que estaba entre su hermana y la mía, a mi derecha. Lo miré con bastante interés. Estaba muy elegante con unos pantalones cortos castaños, jersey azul marino, camisa blanca y corbata a rayas. Me devolvió la mirada con unos inmensos ojos verdes—. ¿Por qué en las películas la gente besa de lado? —preguntó.

—¿De lado? —dije—. Era un problema que me había intrigado en mi infancia. Dije que suponía que era porque las narices de los actores resultan demasiado grandes como para que puedan besarse de frente.

—Su nombre es Charles —dijo Esmé—. Es sumamente brillante para su edad.

—La verdad es que tiene los ojos verdes. ¿No es así Charles? —dije yo.

Me clavó la impávida mirada que merecía mi pregunta y después se fue escurriendo hacia delante y hacia abajo en la silla hasta que todo su cuerpo quedó debajo de la mesa salvo la cabeza, apoyada sobre el asiento, como en una llave de lucha grecorromana.

—Son anaranjados —dijo, con voz forzada, dirigiéndose al cielo raso. Con una punta del mantel se cubrió la carita inexpresiva.

—A veces es brillante y a veces no —dijo Esmé—. ¡Charles, siéntate derecho!

Charles se quedó donde estaba. Parecía contener la respiración.

Echa mucho de menos a nuestro padre. Lo mataron en África del Norte.

Expresé mi pesar por la noticia.

Esmé asintió.

—Papá lo adoraba. —Con aire pensativo se mordió la cutícula del pulgar—. Se parece mucho a mi madre, Charles, quiero decir. Yo soy idéntica a mi padre —siguió mordiéndose la cutícula—. Mi madre era muy apasionada. Tenía un carácter extravertido. Papá era introvertido. Aunque hacían una buena pareja, por lo menos en apariencia. Para serle sincera, papá necesitaba una compañera más intelectual que mamá. Él fue un genio extraordinariamente dotado.

Esperé más información con la mejor voluntad, pero no continuó. Miré hacia abajo a Charles, que apoyaba ahora la mejilla en el asiento. Cuando vio que yo lo miraba, cerró los ojos en forma soñadora, angelical, y después me sacó la lengua —un apéndice de sorprendente longitud— e hizo un ruido que en mi país hubiera sido un glorioso tributo a un árbitro de béisbol miope. El ruido sacudió totalmente la cafetería.

—Basta ya —dijo Esmé, con evidente calma—. Se lo vio hacer a un americano en una cola para comprar pescado frito con patatas, y ahora lo hace cada vez que se aburre. Basta ya, o te mando ahora mismo con la señorita Megley.

Charles abrió sus enormes ojos como señal de que había escuchado la amenaza de su hermana, pero por lo demás no se dio por enterado. Cerró de nuevo los ojos y siguió apoyando la mejilla sobre el asiento.

Yo comenté que a lo mejor debería conservarlo —refiriéndome al ruido propio del Bronx que había hecho con la boca— hasta que empezara a usar su título nobiliario con regularidad. Siempre, claro está, que él también tuviera un título.

Esmé me dirigió una larga mirada, levemente clínica.

—Usted tiene un sentido del humor muy particular, ¿no es así? —dijo con un deje nostálgico—. Papá decía que yo no tengo ningún sentido del humor. Solía decir que no estaba preparada para afrontar la vida porque me faltaba sentido del humor.

Encendí un cigarrillo sin dejar de mirarla y dije que no creía que el sentido del humor sirviera de algo en una situación verdaderamente apurada.

—Papá decía que sí.

Era una declaración de fe, no una contradicción, de modo que en seguida cambié de opinión. Asentí con la cabeza y dije que seguramente la visión de su padre era de largo alcance, mientras que la mía era de corto alcance (cualquiera que esto significase).

—Charles lo echa muchísimo en falta —dijo Esmé, al cabo de un rato—. Era un hombre sumamente encantador y además muy guapo. Claro que la apariencia no tiene mucha importancia, pero él era muy apuesto. Tenía unos ojos terriblemente penetrantes, pese a ser un hombre intrínsecamente bondadoso.

Asentí. Dije que suponía que su padre tenía un vocabulario fuera de lo común.

—Oh, sí, totalmente —dijo Esmé—. Era archivero... aficionado, por supuesto.

En ese momento sentí una palmada inoportuna en el brazo, casi un puñetazo, que provenía de donde estaba Charles. Me volví hacia él. Ahora estaba sentado casi normalmente en su silla, salvo que tenía una pierna recogida.

—¿Qué le dijo una pared a la otra pared? —chilló—. ¡Es una adivinanza!

Levante la mirada hacia el techo en actitud pensativa y repetí la pregunta en voz alta. Después miré a Charles con expresión resignada y dije que me daba por vencido.

—¡Nos encontraremos en la esquina! —fue la respuesta, enunciada a todo volumen.

El que más festejó el chiste fue el propio Charles. Le pareció intolerablemente gracioso. Tanto, que Esmé se vio obligada a acercarse para golpearlo en la espalda, como si hubiera tenido un acceso de tos.

—Bueno, basta —le dijo. Volvió a su asiento—. Le cuenta esa adivinanza a todo el mundo y siempre le da un ataque. Generalmente, cuando ríe babea. Bueno, basta, por favor.

—Sin embargo, es una de las mejores adivinanzas que me han contado —dije, mirando a Charles, que se iba recuperando poco a poco.

Como respuesta a mi cumplido, se hundió bastante más en su asiento y volvió a taparse la cara hasta la nariz con una punta del mantel. Entonces me miró con esos ojos llenos de una risa que se calmaba gradualmente, y del orgullo de quien sabe una o dos adivinanzas realmente buenas.

—¿Me permite preguntarle qué hacía antes de incorporarse al ejército? —me preguntó Esmé.

Dije que no había hecho nada, que había salido de la universidad hacía apenas un año, pero que me gustaba considerarme un escritor de cuentos profesional.

Asintió cortésmente.

—¿Ha publicado algo? —me preguntó.

Era una pregunta familiar que siempre daba en la llaga, y que no se contestaba así como así. Empecé a explicarle que en los Estados Unidos todos los editores eran una banda de...

—Mi padre escribía maravillosamente —interrumpió Esmé—. Estoy guardando algunas de sus cartas para la posteridad.

Dije que me parecía una excelente idea. Yo, casualmente, estaba mirando otra vez su enorme reloj parecido a un cronómetro. Le pregunté si había pertenecido a su padre.

Miró su muñeca con solemnidad.

—Sí, era suyo —dijo—. Me lo dio poco antes de que Charles y yo fuéramos evacuados. —Automáticamente re-

tiró las manos de la mesa, mientras decía—: Puramente
como un recuerdo, por supuesto. —Cambió de tema—.
Me sentiría muy halagada si alguna vez usted escribiera un
cuento especialmente para mí. Soy una lectora insaciable.

Le dije que lo haría, sin duda, siempre que pudiera. Dije
que no era un autor demasiado prolífico.

—¡No tiene por qué ser prolífico! ¡Basta que no sea estúpido e infantil! —Recapacitó y dijo—: Prefiero los
cuentos que tratan de la sordidez.

—¿De qué? —dije, inclinándome hacia adelante.

—De la sordidez. Estoy sumamente interesada en la
sordidez.

Estaba a punto de pedirle mayores detalles, pero sentí
que Charles me pellizcaba con fuerza en el brazo. Me volví
haciendo una leve mueca de dolor. Estaba de pie a mi
lado.

—¿Qué le dijo una pared a la otra? —preguntó, sin demasiada originalidad.

—Ya se lo preguntaste —dijo Esmé—. Ahora basta.

Sin hacer caso de su hermana y pisando uno de mis pies,
Charles repitió la pregunta clave. Observé que el nudo de
su corbata no estaba correctamente ajustado. Lo deslicé
hasta su lugar y después, mirándolo fijo, sugerí:

—¿Te encuentro en la esquina?

Apenas terminé de decirlo me arrepentí. La boca de
Charles se abrió de golpe. Tuve la sensación de habérsela
abierto yo de una bofetada. Se bajó de mi pie y, con furi-
bunda dignidad, se dirigió hacia su mesa sin volver la
vista.

—Está furioso —dijo Esmé—. Tiene un carácter vio-
lento. Mi madre tendía a malcriarlo. Mi padre era el único
que no lo malcriaba.

Yo seguía mirando a Charles, que se había sentado y
empezaba a tomar su té, sosteniendo la taza con las dos
manos. Tuve la esperanza de que se volviera, pero no lo
hizo.

Esmé se puso de pie.

—*Il faut que je parte aussi* —dijo, suspirando—. ¿Usted
habla francés?

Me puse de pie con una mezcla de confusión y pesar. Esmé y yo nos dimos la mano; la suya, como había sospechado, era una mano nerviosa, con la palma húmeda. Le dije, en inglés, cuánto había disfrutado de su compañía.

Asintió con la cabeza.

—Pensé que sería así —dijo—. Soy bastante comunicativa para mi edad. —Se tanteó otra vez el pelo—. Lamento mucho lo de mi pelo —dijo—. Debo tener un aspecto horrible.

—¡En absoluto! Creo que las ondas se están formando de nuevo.

De nuevo se tocó rápidamente el pelo.

—¿Cree que volverá aquí en un futuro inmediato? —preguntó—. Venimos todos los domingos, después de los ensayos del coro.

Contesté que nada hubiera podido resultarme más agradable, pero que, por desgracia, estaba seguro de que ya no volvería.

—En otras palabras, no puede hablar sobre movimientos de tropas —dijo Esmé.

No hizo ningún ademán de alejarse de la mesa. Sólo cruzó un pie sobre el otro y, mirando hacia abajo, alineó las puntas de los zapatos. Fue un hermoso gesto; ya que llevaba calcetines blancos, y sus pies y tobillos eran encantadores. De pronto me miró.

—¿Le gustaría que yo le escribiera? —dijo, con las mejillas ligeramente ruborizadas—. Escribo cartas muy bien redactadas para alguien de mi...

—Me encantaría —dije. Saqué lápiz y papel y anoté mi nombre, grado, matrícula, y número de correo militar.

—Yo le escribiré primero —dijo ella tomando el papel—, para que usted no se sienta comprometido en modo alguno. —Guardó la dirección en un bolsillo del vestido—. Adiós —dijo, y volvió a la mesa.

Pedí otra taza de té y permanecí sentado mirándolos hasta que, junto a la atribulada señorita Megley, se pusieron de pie para marchar. Charles iba delante, renqueando trágicamente como un hombre que tiene una pierna mucho más corta que la otra. No miró hacia mí. Después sa-

lió la señorita Megley, y a continuación Esmé, que me saludó con una mano como despedida. Le devolví el saludo,
incorporándome a medias. Fue un momento de extraña
emoción para mí.

No había pasado un minuto cuando Esmé volvió a entrar en la cafetería, arrastrando a Charles por la manga de
su impermeable.

—Charles quiere darle un beso de despedida —dijo.

Inmediatamente dejé mi taza en la mesa, y dije que era
un gesto muy simpático por su parte, pero ¿estaba segura?

—Sí —dijo, con cierto tono amenazador.

Soltó la manga de Charles y le dio un riguroso empujón
hacia mí. Charles se adelantó, con la cara lívida de furia, y
me dio un beso sonoro y húmedo, justo debajo de la oreja
derecha. Superada esta prueba, se encaminó velozmente
hacia la puerta y hacia formas menos sentimentales de
vida, pero alcancé a tomarlo del cinturón del impermeable, lo retuve un instante y le dije:

—¿Qué le dijo una pared a la otra?

Su cara se iluminó.

—¡Nos encontraremos en la esquina! —chilló, y salió
corriendo de la cafetería, posiblemente histérico.

Esmé estaba de pie otra vez con los tobillos cruzados.

—¿Seguro que no se va a olvidar de escribirme ese
cuento? —preguntó—. No hace falta que sea exclusivamente para mí. Puede...

Le dije que era imposible que me olvidara. Le dije que
nunca había escrito un cuento para nadie en especial, pero
que al parecer había llegado el momento de hacerlo.

—Que sea muy sórdido y conmovedor —sugirió—.
¿Ha conocido cosas sórdidas?

Le dije que no muchas, pero que cada vez iba conociendo más, de una manera u otra, y que haría todo lo posible
para cumplir con sus deseos. Nos dimos la mano.

—¿No es una lástima que no nos hayamos conocido en
circunstancias menos apremiantes?

Le dije que sí, que realmente era una lástima.

—Adiós —dijo Esmé—. Espero que regrese de la guerra con todas sus facultades intactas.

Le di las gracias, añadí algo más y después la vi salir de la cafetería. Se fue despacio, como meditando, mientras se tocaba el pelo para ver si estaba seco.

Ésta es la parte sórdida o emotiva del relato, y la escena cambia. Los personajes también cambian. Yo todavía ando por este mundo, pero de aquí en adelante, por motivos que no me es permitido revelar, me he disfrazado con tanta astucia que ni el lector más inteligente podrá reconocerme.

Eran alrededor de las diez y media de la noche en Gaufurt, Baviera, varias semanas después del Día de la Victoria. El sargento X estaba en su habitación, en el segundo piso de una casa de civiles donde él y otros nueve soldados americanos habían sido alojados ya antes del armisticio. Estaba sentado en una silla plegable de madera, frente a un pequeño y revuelto escritorio, tratando de leer, con enorme dificultad, una novela de bolsillo. La dificultad estaba en él, no en la novela. Aunque los soldados del primer piso eran generalmente los primeros en apoderarse de los libros que el Servicio Especial enviaba todos los meses, siempre parecían dejarle a X el libro que él mismo hubiera elegido. Pero era un joven que no había salido de la guerra con todas sus facultades intactas; hacía más de una hora que leía cada párrafo tres veces, y ahora estaba haciendo lo mismo frase por frase. De pronto cerró el libro, sin señalar la página. Por un instante se protegió los ojos con la mano del duro e intenso brillo de la lámpara desnuda que pendía sobre la mesa.

Sacó un cigarrillo del paquete que se hallaba sobre la mesa y lo prendió con dedos que chocaban suave y constantemente entre sí. Se echó un poco hacia atrás en su asiento y fumó sin sentir el gusto. Hacía semanas que fumaba un cigarrillo tras otro. Le sangraban las encías a la menor presión de la punta de la lengua, pero pocas veces dejaba de experimentarlo; era como un juego consigo mismo, a veces durante horas y horas. Se quedó un rato fumando y experimentando. Entonces, de pronto, en la forma ya conocida y sin previo aviso, le pareció sentir que su mente se desplazaba, se bamboleaba como un bulto mal asegurado en el portaequipajes de un tren. En seguida hizo lo que había estado haciendo durante semanas para arreglar las cosas; se apretó fuertemente las sienes con las manos. Durante un momento las mantuvo así. Tenía el pelo sucio y hacía mucho tiempo que no se lo cortaba. Se lo había lavado tres o cuatro veces durante su estancia de dos semanas en el hospital de Francfort, pero se le había vuelto a ensuciar en el largo y polvoriento regreso en jeep a Gaufurt. El cabo Z, que había ido a buscarlo al hospital, aún conducía un jeep de combate, con el parabrisas abatido sobre el capó, hubiera o no armisticio. Había millares de soldados nuevos en Alemania. Al conducir con el parabrisas abatido al estilo de combate, el cabo Z pretendía demostrar que él no era uno de ésos, que por nada del mundo era él un hijo de mala madre recién llegado.

Cuando retiró las manos de la cabeza, X se puso a contemplar la mesa del escritorio, que era una especie de receptáculo con unas dos docenas de cartas sin abrir y por lo menos cinco o seis paquetes, también sin abrir, dirigidos a él. Buscó detrás de los escombros y tomó un libro que estaba contra la pared. Su autor era Goebbels y se llamaba *Die Zeit ohne Beispiel*. Pertenecía a la hija de la familia, una mujer de treinta y ocho años, soltera, que hasta pocas semanas antes había estado viviendo en la casa. Había sido una funcionaria subalterna del partido nazi, pero de jerarquía suficiente, según las normas del reglamento militar, como para entrar en la categoría de «arresto automático». El propio X la había arrestado. Ahora, por tercera vez desde que había regresado del hospital ese día, abrió el libro de la mujer y leyó la breve anotación en la primera página. Escritas en tinta, en alemán, con una letra pequeña e irremisiblemente sincera, se leían las palabras: «Santo Dios, la vida es un infierno.» Nada más, ni antes ni después. Solas en la página, y en la enfermiza quietud de la habitación, las palabras parecían adquirir dimensiones de una declaración irrefutable y hasta clásica. X contempló la página durante varios minutos, tratando a duras penas de no dejarse engañar. Entonces, con un celo mayor del que había puesto en cualquier otra cosa durante semanas, tomó un lápiz y escribió debajo de la anotación, en inglés: «Padres y maestros, yo me pregunto: "¿qué es el infierno?" Sostengo que es el sufrimiento de no poder amar». Empezó a escribir debajo el nombre de Dostoievski, pero vio —con un temor que le recorrió todo el cuerpo— que lo que había escrito era casi totalmente ilegible. Cerró el libro.

Rápidamente tomó otra de las cosas que se hallaban sobre el escritorio, una carta de su hermano mayor que vivía en Albany. La tenía sobre la mesa ya desde antes de entrar en el hospital. Abrió el sobre con la vaga intención de leer la carta por entero, pero leyó solamente la primera mitad de la primera carilla. Se detuvo después de las palabras: «Ahora que esta guerra de mierda ha terminado y probablemente tengas bastante tiempo libre, ¿qué te parece si les mandas unas bayonetas o unas esvásticas a los chicos?...» Después de romper la carta, miró los pedazos caídos en el fondo de la papelera. Vio que se le habían pasado por alto unas fotos. Pudo distinguir los pies de alguien en algún jardín de algún sitio.

Cruzó los brazos sobre la mesa y apoyó en ellos la cabeza. Le dolía todo el cuerpo, de pies a cabeza, y todas las zonas doloridas de alguna manera parecían repercutir en otras. Era algo así como un árbol de Navidad con las lucecitas conectadas en serie: si se apagaba una, todas las demás, necesariamente, debían apagarse.

La puerta se abrió violentamente sin que nadie hubiera llamado. X levantó la cabeza, la volvió y vio de pie en la puerta al cabo Z. El cabo Z había sido compañero de jeep y camarada constante de X desde el día mismo del desembarco y a lo largo de cinco campañas. Vivía en el primer piso y por lo general subía a ver a X cuando tenía algunas quejas o algunos rumores que descargar. Era un joven corpulento, fotogénico, de veinticuatro años. Durante la guerra, había posado en el bosque de Hürtgen para una gran revista norteamericana; se había dejado fotografiar, más que complacido, con un enorme pavo del Día de Acción de Gracias en cada mano.

—¿Estás escribiendo cartas? —preguntó—. Madre mía. ¡Por Dios, qué tétrico es esto! —Siempre prefería que estuviera encendida la luz principal de cualquier habitación en la que entrara.

X se volvió en la silla y le pidió que entrara, pero que tuviera cuidado de no pisar al perro.

—¿El qué?

—Alvin. Está justo debajo de tus pies, Clay. ¿Por qué demonios no enciendes esa luz?

Clay encontró el interruptor, lo accionó y después cruzó de una zancada la pequeña habitación, parecida a un desván, y se sentó en el borde de la cama, frente a su anfitrión. De su pelo rojo ladrillo, recién peinado, le goteaba el agua con que se lo había alisado. Del bolsillo derecho de su camisa verde oliva asomaba, con aire familiar, un peine con prendedor como el de una estilográfica. Sobre el bolsillo izquierdo llevaba el distintivo de infante de combate (que, técnicamente, no estaba autorizado a usar), la cinta de servicio en el frente europeo, con cinco estrellas de bronce (en lugar de una de plata, que era el equivalente de cinco de bronce), y la cinta de servicio anterior a Pearl Harbor. Suspiró profundamente y dijo:

—Santo Dios.

No significaba nada; eran, simplemente, cosas del ejército. Sacó de un bolsillo de la camisa un paquete de cigarrillos, extrajo uno, después guardó el paquete y abrochó la solapa del bolsillo. Mientras fumaba, echó una mirada vacía a su alrededor. Por fin sus ojos se detuvieron en la radio.

—Oye —dijo—, dentro de un par de minutos empieza ese programa bárbaro por la radio, con Bob Hope y todos ésos.

X abrió un nuevo paquete de cigarrillos y dijo que acababa de apagar la radio.

Sin inmutarse, Clay observó a X, que intentaba encender su cigarrillo.

—Diablos —exclamó con el entusiasmo de un espectador—. Tendrías que verte las manos. Tú sí que estás tembleque. ¿Lo sabías?

X logró encender el cigarrillo, asintió y comentó que Clay tenía un ojo de lince para los detalles.

—En serio, chico, casi me desmayo cuando te vi en el hospital. Parecías un asqueroso cadáver. ¿Cuántos kilos perdiste? ¿Cuánto adelgazaste? ¿No sabes?

—No sé. ¿Cómo anduviste de cartas mientras yo estaba allí? ¿Tuviste noticias de Loretta?

Loretta era la chica de Clay. Pensaban casarse en cuanto tuvieran una oportunidad. Le escribía con bastante regularidad, desde un paraíso de triples signos de exclamación y de observaciones inexactas. Durante toda la guerra, Clay había leído esas cartas en voz alta a X, por íntimas que fueran; en verdad, cuanto más íntimas, mejor. Tenía la costumbre, después de cada lectura, de pedir a X que le hiciera un borrador o un bosquejo de la contestación, y que insertara algunas palabras en alemán o francés que impresionaran bien.

—Sí, ayer recibí una carta suya. La tengo abajo en la habitación. Después te la enseño —dijo Clay sin mucho ánimo. Se irguió en la cama, contuvo la respiración y soltó después un eructo largo y resonante. Con aire de estar no demasiado satisfecho con su demostración, volvió a relajarse—. A su hermano de mierda lo dan de baja en la Marina por la cadera. Se descaderó, el hijo de puta. —Se irguió de nuevo e intentó eructar otra vez, pero no tuvo éxito como la vez anterior. De pronto la cara se le iluminó con una pizca de atención—. Eh, antes de que me olvide. Mañana tenemos que levantarnos a las cinco para ir a Hamburgo o a un sitio así. A buscar chaquetillas tipo Eisenhower para todo el regimiento.

X lo miró con hostilidad y dijo que no quería una chaquetilla estilo Eisenhower.

Clay lo miró sorprendido, casi ofendido.

—Pero... son muy buenas. Quedan muy bien. ¿Cómo puede ser?

—No hay motivo. ¿Por qué tenemos que levantarnos a las cinco? La guerra ya terminó, gracias a Dios.

—No sé... Tenemos que volver antes del almuerzo. Trajeron unos formularios nuevos que hay que llenar antes del almuerzo... Le pregunté a Bulling por qué diablos no podíamos llenarlos por la noche. Tiene esos formularios del diablo ahí, en el escritorio. No quiere abrir los sobres, el hijo de puta.

Los dos guardaron un momento de silencio, odiando a Bulling.

De pronto Clay miró a X con renovado interés.

—Eh —dijo—. ¿Sabes que se te mueve endiabladamente todo el costado de la cara?

X dijo que ya lo sabía, y se cubrió el tic con la mano.

Clay lo miró detenidamente un instante, y después dijo con cierta vivacidad, como si fuera portador de alguna noticia excepcionalmente buena:

—Le escribí a Loretta que tuviste un colapso nervioso.

—¿Sí?

—Sí. Todo eso le interesa la hostia. Está a punto de licenciarse en psicología. —Clay se estiró sobre la cama, con zapatos y todo—. ¿Sabes lo que dijo? Dijo que nadie sufría de colapso nervioso simplemente por la guerra. Dice que tú probablemente ya fuiste un desequilibrado durante toda tu perra vida.

X se tapó los ojos con la mano, la luz parecía cegarlo, y dijo que era una maravilla la visión que Loretta tenía de las cosas.

Clay lo miró fijamente.

—Escucha, mal nacido —dijo—. Ella sabe mucho más de psicología que tú.

—¿Podrías molestarte en sacar tus hediondos pies de mi cama? —preguntó X.

Clay dejó los pies donde estaban durante algunos segundos al modo de tú-no-vas-a-decirme-dónde-tengo-queponer-los-pies, y después los levantó, los apoyó en el suelo y se sentó.

—Me voy abajo, después de todo. En la habitación de Walker tienen encendida la radio. —Aunque no se levantó de la cama—. Oye. Le estaba diciendo a ese nuevo hijo de puta, Bernstein, ahí abajo. ¿Recuerdas la vez que yo y tú fuimos a Valognes en el jeep, y nos bombardearon durante dos endiabladas horas, y ese gato de mierda que yo despaché de un tiro cuando estábamos en el pozo y que subió al capó del Jeep? ¿Te acuerdas?

—Sí... no empieces otra vez con ese asunto del gato, Clay. No me interesa escucharlo. ¿Cómo tengo que decírtelo?

—No, lo que quiero decir es que le escribí a Loretta. Ella y todos los alumnos de psicología discutieron el asunto. En clase y todo. Hasta el infeliz del profesor y todos los demás.

—Formidable. Pero no quiero saber nada de eso, Clay.

—No ¿sabes por qué dice Loretta que le pegué un tiro? Dice que yo tenía locura pasajera. En serio. Por el bombardeo y todo eso.

X se pasó los dedos por el pelo sucio y luego volvió a protegerse los ojos de la luz.

—No estabas loco. Estabas cumpliendo con tu deber. Mataste ese gatito en forma tan valiente como cualquier otro en las mismas circunstancias.

Clay lo miró receloso:

—¿De qué diablos estás hablando?

—Ese gato era un espía. Tú tenías que pegarle un tiro. Era un enano alemán muy astuto vestido con un abrigo de piel barato. Así que ahí no había nada brutal, ni cruel, ni sucio, ni siquiera...

—¡Maldita sea! —exclamó Clay, apretando los labios—. ¿No puedes hablar nunca en serio?

De pronto, X sintió náuseas y, girando en su silla, tomó la papelera... justo a tiempo.

Cuando se incorporó y se volvió de nuevo hacia su huésped, lo encontró de pie, incómodo, a mitad de camino entre la cama y la puerta. X pensó en disculparse, pero cambió de idea, y estiró la mano en busca de sus cigarrillos.

—Vamos, ven abajo a escuchar a Hope por radio, ¿eh? —dijo Clay, manteniéndose a distancia, pero tratando de parecer amistoso—. Te va a sentar bien, te lo aseguro.

—Vete tú, Clay. Yo voy a mirar mi colección de sellos.

—¿En serio? ¿Tienes una colección de sellos? No sabía...

—Estaba bromeando.

Clay dio un par de pasos indecisos hacia la puerta.

—Creo que voy a ir a Ehstadt más tarde —dijo—. Hay baile. Es probable que dure hasta las dos. ¿Quieres venir?

—No, gracias. Puedo practicar unos pasos en mi habitación.

—Bueno... hasta mañana... y cuídate, ¿eh? —La puerta se cerró, pero volvió a abrirse en seguida:— ¿Puedo dejarte una carta para Loretta debajo de la puerta? Le puse unas cosas en alemán. ¿Me las corriges?

—Claro que sí. Ahora déjame sólo.

—Está bien. ¿Sabes qué me dijo mi madre en una carta? Que se alegraba de que tú y yo estuviéramos juntos durante toda la guerra. En el mismo jeep y todo. Dice que mis cartas son mucho más inteligentes desde que andamos juntos.

X lo miró de arriba abajo, y después, con un gran esfuerzo, dijo:

—Gracias. Dale las gracias de mi parte.

—Cómo no. ¡Hasta mañana!

La puerta se cerró de un golpe seco, esta vez definitivamente.

X se quedó contemplando la puerta durante un buen rato, después hizo girar la silla hasta ponerla frente al escritorio y levantó del suelo la máquina de escribir portátil. Le hizo sitio sobre el escritorio atestado, empujando a un

lado el montón de cartas y paquetes. Pensó que, si escribía
una carta a un viejo amigo de Nueva York, sería una buena
terapia para él, por leve que fuera. Pero no pudo introdu-
cir correctamente el papel en la máquina de tanto como le
temblaban las manos. Dejó caer los brazos por un minuto,
intentó empezar otra vez, pero terminó por estrujar el papel y arrojarlo a la papelera.

Se dio cuenta de que tenía que sacar la papelera de la habitación, pero no hizo nada, sólo cruzó los brazos sobre la
máquina de escribir, apoyó en ellos la cabeza y cerró los ojos.

Unos pocos y angustiosos minutos más tarde, cuando
volvió a abrirlos, descubrió que tenía frente a él un paquetito sin abrir, envuelto en papel verde. Probablemente se
había caído del montón cuando hizo sitio para la máquina
de escribir. Vio que la dirección había sido corregida varias veces. En una sola de las caras del paquete pudo distinguir que habían tachado por lo menos tres de sus números anteriores del correo militar.

Abrió el paquete sin ningún interés, sin mirar siquiera
el remitente. Lo abrió quemando el cordel con la llama de
un fósforo. Le interesó más ver quemarse el hilo por completo que abrir el paquete, pero por fin lo abrió.

Dentro de la caja había una nota escrita con tinta sobre
un objeto pequeño envuelto en papel de seda. Tomó la
nota y la leyó.

17, Road ...
..., Devon
7 de junio de 1944

Estimado sargento X:
Espero me disculpará haber tardado 38 días en iniciar
nuestra correspondencia, pero he estado muy ocupada porque mi tía tuvo una infección de estreptococos en la garganta
y casi se muere, y yo, como es lógico, me he visto abrumada
por diversas responsabilidades. Sin embargo, he pensado fre-
cuentemente en usted y en la tarde tan agradable que pasamos
en mutua compañía el 30 de abril de 1944, entre las 15.45 y
las 16.15 horas, por si usted se hubiera olvidado.

Todos estamos enormemente nerviosos e impresionados por la invasión y nuestra única esperanza es que dé lugar a una rápida terminación de la guerra y de un sistema de existencia que es, por no decir otra cosa, completamente ridículo. Charles y yo estamos muy preocupados por usted; esperamos que no haya estado entre los que hicieron el primer asalto a la península de Cotentín. ¿O sí estuvo? Le ruego que me conteste lo más rápidamente posible. Mis más afectuosos saludos a su esposa.

Sinceramente,
Esmé

P.D. Me tomo la libertad de adjuntarle mi reloj de pulsera, que le ruego conserve mientras duren las hostilidades. No observé durante nuestro breve encuentro si usted llevaba uno, pero éste es sumamente sumergible y a prueba de golpes, además de tener muchas otras virtudes, entre ellas la de poder decir a qué velocidad camina uno, si así lo desea. Estoy completamente segura de que en estos días difíciles usted podrá usarlo con más provecho que yo y que lo aceptará como un talismán.

Charles, a quien estoy enseñando a leer y a escribir y que es un alumno en extremo inteligente, desea agregar unas palabras. Por favor, escriba apenas tenga tiempo y ganas.

HOLA HOLA HOLA HOLA
HOLA HOLA HOLA HOLA
RECUERDOS Y BESOS CHARLES

Pasó mucho tiempo antes de que X pudiera dejar a un lado la nota, para no mencionar lo que tardó en sacar el reloj de Esmé de la caja. Cuando por fin lo consiguió, vio que en el viaje se había roto el cristal. Se preguntó si además no se habría estropeado, pero le faltó coraje para darle cuerda y comprobarlo. Se limitó a permanecer sentado otro largo rato con el reloj en la mano. Y de pronto, casi en éxtasis, sintió sueño.

Coge a un hombre verdaderamente soñoliento, Esmé, y siempre tendrá una posibilidad de volver a ser un hombre con todas sus fac... con todas sus fa-cul-ta-des intactas.

Cuando sonó el teléfono, el hombre de pelo entrecano le preguntó a la chica, con cierta deferencia, si por alguna razón prefería que no contestara. La chica lo oyó como desde lejos, y volvió la cara hacia él, con un ojo —el que estaba del lado de la luz— totalmente cerrado, y el ojo abierto, aunque insidioso, muy grande, y tan azul que parecía casi violeta. El hombre canoso le pidió que se diera prisa, y ella se incorporó sobre el brazo derecho apenas con la presteza necesaria como para que el movimiento no pareciera negligente. Se apartó el pelo de la frente con la mano izquierda y dijo:

—Por Dios. No sé. Quiero decir, ¿a ti qué te parece?

El hombre canoso dijo que a su juicio no había mucha diferencia entre una cosa y la otra, y pasó la mano izquierda por debajo del brazo en que se apoyaba la chica, deslizando los dedos paulatinamente hacia arriba, por entre las tibias superficies de su pecho y su antebrazo. Extendió la mano derecha hacia el teléfono. Para alcanzarlo sin tantear, tuvo que erguirse un poco más, lo que hizo que su cabeza rozara la pantalla de la lamparilla. En ese instante, la luz resaltó netamente su pelo gris, casi totalmente blanco. Aunque desordenado en ese momento, era evidente que se lo había hecho cortar hacía poco, o, más bien, recortar. La nuca y las patillas tenían el corte convencional, pero en los costados y arriba el pelo era más bien largo, y resultaba, en realidad, hasta casi «distinguido».

—¿Diga? —dijo, con voz sonora.

La chica permaneció semiincorporada sobre el antebrazo y lo observó. Sus ojos, simplemente abiertos, más que alerta o pensativos, reflejaban sobre todo su propio tamaño y su color.

Una voz de hombre —remota, aunque casi obscenamente rápida, dadas las circunstancias— llegó desde el otro lado:

—¿Lee? ¿Te he despertado?

El hombre canoso echó una rápida mirada hacia su izquierda, a la chica.

—¿Quién eres? —preguntó—. ¿Arthur?

—Sí... ¿te he despertado?

—No, no. Estoy acostado, leyendo. ¿Pasa algo?

—¿Estás seguro de que no te he despertado? ¿Lo juras?

—No, no, en absoluto —dijo el hombre canoso—. La verdad es que apenas duermo un promedio de cuatro horas miserables...

—Lee, te llamo porque... ¿No te fijaste a qué hora salió Joanie? ¿No sabes si se fue con los Ellenbogen, por casualidad?

El hombre canoso miró otra vez a la izquierda, pero ahora más arriba, más allá de la chica, que lo observaba como podría hacerlo un joven policía irlandés de ojos azules.

—No, Arthur, no vi nada —dijo, con los ojos fijos en la penumbra del otro lado de la habitación donde se juntaban la pared y el techo—. ¿No se fue contigo?

—No, diablos, no. Entonces, ¿no la viste salir?

—Bueno, no, en realidad, no la vi, Arthur —dijo el hombre de pelo entrecano—. La verdad es que no vi absolutamente nada en toda la noche. Apenas entré me enzarzaron en una discusión con ese rufián francés, o vienés, o de donde sea. Estos extranjeros desgraciados siempre están tratando de conseguir un consejo jurídico gratuito. ¿Por qué? ¿Qué pasa? ¿Se ha perdido Joanie?

—¡Dios mío! ¡A saber! Yo no sé. Tú la conoces, cuando empieza a beber y querer divertirse. Yo no sé. A lo mejor casualmente...

—¿Has llamado a los Ellenbogen? —preguntó el hombre canoso.

—Sí. Todavía no han llegado. No sé. ¡Ni siquiera estoy seguro de que se haya ido con ellos! Pero te digo una cosa, una sola cosa. Basta de romperme la cabeza. En serio. Esta vez lo digo en serio. Estoy harto. Cinco años. ¡Dios mío!

—Bueno, Arthur, ahora trata de tomarlo con un poco de calma —dijo el hombre canoso—. Para empezar, ya sabes cómo son los Ellenbogen. Seguramente se metieron todos en un taxi y se fueron al Village un par de horas. Es probable que los tres aparezcan...

—Estoy seguro de que empezó a arrimarse a algún desgraciado en la cocina. Ya me lo imagino. En cuanto se emborracha empieza a restregarse contra cualquier infeliz en la cocina. Pero basta. Te juro que esta vez va en serio. Cinco años del...

—¿Dónde estás ahora, Arthur? —preguntó el hombre canoso—. ¿En tu casa?

—Sí. En casa. Hogar, dulce hogar...

—Bueno, trata de tomarlo con calma... ¿qué te pasa? ¿Estás un poco borracho o qué?

—Yo qué sé. ¿Cómo diablos voy a saberlo?

—Bueno, está bien. Ahora escúchame. Tranquilízate. Estáte tranquilo —dijo el hombre canoso—. Tú ya sabes cómo son los Ellenbogen. Lo que sucedió posiblemente es que perdieron el último tren. Seguro que en cualquier momento aterrizan por ahí los tres, muertos de risa, después de haber estado en algún...

—Se fueron en coche.

—¿Cómo lo sabes?

—Por la chica que va a cuidar a los niños. Tuvimos una conversación muy brillante. Toda una comunión espiritual. Como dos asquerosas sardinas en una misma lata.

—Bueno. Bueno. ¿Y eso qué tiene que ver? ¿Te calmarás, ahora? —dijo el hombre canoso—. Casi seguro que en cualquier momento llegan los tres juntos. Créeme. Tú sabes cómo es Leona. No sé qué demonios le pasa... en cuanto llegan a Nueva York se llenan de esa horrible alegría digna de Connecticut. Tú los conoces bien.

—Sí, ya sé. Ya sé. Aunque no sé nada.

—Claro que sabes. Piénsalo un poco. Seguro que los dos se llevaron a Joanie por la fuerza...

—Oye. A Joanie nunca hubo que llevarla por la fuerza a ningún lado. No me vengas ahora con esa teoría.

—Nadie te viene con ninguna teoría, Arthur —dijo el hombre entrecano con calma.

—¡Ya sé! ¡Ya sé! Discúlpame. Me estoy volviendo loco. Dime la verdad, ¿estás seguro de que no te he despertado?

—Si fuera así, te lo diría, Arthur —dijo el hombre canoso. Distraídamente, sacó la mano izquierda de entre el pecho y el brazo de la chica—. Escucha, Arthur. ¿Quieres un consejo? —dijo—. Tomó el cable del teléfono entre los dedos, muy cerca del aparato—: Te lo digo en serio. ¿Quieres un consejo?

—Sí. No sé. No te dejo dormir. Lo mejor sería que fuera y me cortara de una vez por todas la...

—Escúchame un momento —dijo el hombre de pelo entrecano—. Primero, y esto te lo digo en serio, métete en la cama y tranquilízate. Prepárate un vaso bien grande de alguna bebida fuerte, y acués...

—¡Bebida! ¿Hablas en serio? Dios. En estas dos malditas horas me he bebido casi un litro... ¡Un vaso! Estoy tan bebido ahora que apenas...

—Bueno, bueno. Acuéstate, entonces —dijo el hombre canoso—. Y tranquilízate... ¿me oyes? Dime la verdad. ¿Vas a ganar algo enloqueciéndote de esa forma y dando vueltas por ahí?

—Sí, ya sé. Ni siquiera tendría que preocuparme, pero,

cuernos, ¡no se puede confiar en ella! Te lo juro por Dios. Juro por Dios que no se puede. Se puede confiar en ella como se puede confiar en un... bueno, no sé en qué. ¡Oh! ¿Para qué sirve todo? ¡Estoy volviéndome loco!

—Bueno. Olvídate ahora. Olvídate. ¿Quieres hacerme el favor y borrar todo eso de tu cabeza? —dijo el hombre canoso—. Después de todo, seguro que estás exagerando... creo que estás haciendo una montaña de...

—¿Sabes a qué extremos he llegado? Me da vergüenza contártelo, pero ¿sabes qué estoy a punto de hacer todas las noches, cuando llego a casa? ¿Quieres saberlo?

—Escúchame, Arthur, no es esto lo que...

—Espera un segundo, maldita sea, te lo voy a decir. Prácticamente tengo que contenerme para no abrir todas las puertas del piso... te lo juro por Dios. Todas las noches, cuando llego a casa, estoy casi seguro de encontrarme con un montón de hijos de puta escondidos por todos lados... Ascensoristas. Repartidores. Policías.

—Bueno, bueno. Tratemos de tomar las cosas con un poco más de calma, Arthur —dijo el hombre de pelo entrecano. Miró de pronto a su derecha, donde un cigarrillo, encendido un momento antes, hacía equilibrio en el borde de un cenicero. Por lo visto se había apagado, y no hizo ademán de cogerlo—. Para empezar, te lo he dicho ya infinidad de veces, Arthur, ése es justamente el error más grande que puedes cometer. ¿Sabes cuál es? ¿Quieres que te lo diga? Haces todo lo posible por torturarte, te lo digo en serio. En realidad, eres tú quien incita a Joanie —calló—. Tienes la suerte de que ella es una chica maravillosa. En serio. Y para ti carece totalmente de gusto... y de inteligencia. Diablos, si vamos al caso...

—¡Inteligencia! ¿Estás bromeando? ¡No tiene ni pizca de cerebro! ¡Es un animal!

El hombre entrecano respiró hondo, y sus fosas nasales se dilataron:

—Animales somos todos —dijo—. En el fondo, todos somos animales.

—Ni hablar. Yo no soy ningún animal. Seré un imbécil, un engañado hijo de mala madre del siglo veinte, pero no soy animal. No me vengas con ésas, no soy un animal.

—Escúchame, Arthur. Esto no nos conduce a...

—¡Inteligencia! ¡Dios Santo! Si supieras lo cómico que resulta. Ella se considera toda una intelectual. Eso es lo que da más risa. Lee la página de los teatros y mira la televisión hasta quedarse prácticamente ciega. Y por eso se cree intelectual. ¿Sabes con quién me he casado? ¿Quieres saber con quién me he casado? Estoy casado con la más grande actriz en ciernes todavía sin descubrir, la más grande novelista, psicoanalista y genio incomprendido de Nueva York. No lo sabías, ¿verdad? Dios. Es para morirse de risa. Madame Bovary en la Columbia Extension School. Madame...

—¿Quién? —preguntó el hombre canoso, con tono de aburrimiento.

—Madame Bovary sigue un curso de crítica de la televisión. Dios mío, si supieras cómo...

—Está bien, está bien. Te das cuenta de que así no vamos a ninguna parte —dijo el hombre canoso. Se volvió y, acercando dos dedos a la boca, le indicó a la chica que quería un cigarrillo—. En primer lugar, siendo un tipo tan inteligente, careces totalmente de tacto. —Se incorporó un poco para que la chica pudiera alcanzar los cigarrillos por detrás suyo—. Te lo digo en serio. Se ve en tu vida particular, se ve en tu...

—Inteligencia. ¡Dios mío! ¡Qué risa me da! ¿Alguna vez la has escuchado describir a alguien... a un hombre, quiero decir? Alguna vez, cuando no tengas nada que hacer, hazme el favor y pídele que te describa a un hombre. Para ella, todo hombre que ve es «terriblemente atractivo». Ya puede ser el más viejo, el más gordo, el más grasiento...

—Está bien, Arthur —dijo el hombre de pelo entrecano con rudeza—. Así no vamos a ninguna parte. A ninguna parte. —Le quitó un cigarrillo encendido a la chica, que había prendido dos—. Hablando de otra cosa —dijo, exhalando humo por la nariz—, ¿cómo te fue hoy?

—¿Qué?

—¿Cómo te fue hoy? —repitió el hombre canoso—. ¿Cómo fue el pleito?

—¡Diablos! No sé. Un asco. Dos minutos antes de que yo empezara mi alegato final, el letrado de la otra parte, Lissberg, se presenta con esa camarera chiflada y un montón de sábanas como prueba... todas manchadas de chinches.

—Entonces, ¿qué pasó? ¿Perdiste? —preguntó el hombre de pelo entrecano, aspirando otra bocanada de humo.

—¿Sabes quién estaba en el estrado? Madre Vittorio. Nunca sabré qué demonios tiene ese hombre contra mí. No puedo ni abrir la boca sin que se me eche encima. Con un tipo así no se puede razonar. Es imposible.

El hombre canoso volvió la cabeza para ver qué hacía la chica. Había tomado el cenicero y lo colocaba entre los dos.

—Entonces, ¿perdiste o qué?

—¿Cómo?

—Te pregunto si perdiste.

—Sí. Iba a decírtelo. En la fiesta no tuve oportunidad, con todo ese barullo. ¿Crees que Junior va a armar escándalo? Me importa un bledo, pero ¿qué piensas? ¿Crees que armará escándalo?

Con la mano izquierda, el hombre canoso sacudió la ceniza del cigarrillo en el borde del cenicero.

—No creo que necesariamente arme un escándalo, Arthur —dijo con calma—. Aunque no hay muchas probabilidades de que le provoque una gran alegría. ¿Sabes cuánto hace que nos encargamos de esos tres asquerosos hoteles? El viejo Shanley empezó todo...

—Ya sé, ya sé. Junior me lo ha dicho por lo menos cincuenta veces. Es una de las mejores historias que he escuchado en toda mi vida. Bueno, está bien, perdí ese asqueroso pleito. En primer lugar, no fue culpa mía. Primero, el chiflado de Vittorio me persiguió durante todo el juicio. Después esa camarera mongólica viene y empieza a exhibir sábanas llenas de manchitas de chinches...

—Nadie dice que sea culpa tuya, Arthur —dijo el canoso—. Tú me has preguntado si yo pensaba que Junior iba a armar encándalo. Sólo traté de contestarte lo más honestamente posible...

—Ya sé... Ya lo sé. ¡Qué diablo! De todos modos, tal vez me reincorpore al ejército. ¿Te he contado algo de eso?

El hombre de pelo entrecano volvió la cabeza hacia la chica como para que ella apreciara qué tolerante y estoica era su expresión. Pero la chica no lo advirtió. Acababa de volcar el cenicero con la rodilla y estaba recogiendo rápidamente las cenizas y haciendo un pequeño montón.

Levantó sus ojos hacia él un segundo más tarde.

—No, Arthur, no me lo has contado.

—Sí, tal vez lo haga. Todavía no estoy seguro. Por supuesto que la idea no me enloquece y, si puedo evitarlo, no me iré. Pero tal vez no tenga más remedio. No sé. Por lo menos me olvidaré de todo. Si me devuelven mi bonito casco y mi gran escritorio y mi mosquitero, tal vez...

—Quisiera meterte algunas cosas en la cabeza, muchacho, eso es lo que me gustaría —dijo el hombre canoso—. Se supone que eres un tipo inteligente y hablas como un niño de pecho. Te lo digo con toda sinceridad. Dejas que un montón de cosas pequeñas se vayan acumulando como una bola de nieve hasta que ocupan tanto lugar en tu mente que eres completamente incapaz de cualquier...

—Tendría que haberla dejado. ¿Te das cuenta? Tendría que haber terminado el verano pasado, cuando realmente estaba decidido a hacerlo. ¿No lo crees? ¿Sabes por qué no lo hice? ¿Realmente quieres saber por qué?

—Arthur, por Dios. Así no vamos a ninguna parte.

—Espera un segundo. ¡Déjame decirte por qué! ¿Quieres saber por qué no lo hice? Puedo decirte exactamente el motivo. Porque me dio lástima. Ésa es la pura verdad. Porque me dio lástima.

Bueno, no sé. Quiero decir que es algo que no me incumbe —dijo el hombre de pelo entrecano—. Sin embargo, creo que te olvidas de que Joanie es una mujer adulta. No sé, pero me parece...

—¿Mujer adulta? ¿Estás loco? ¡Es una niña que ha crecido, nada más! Por ejemplo, me estoy afeitando, escucha bien esto, me estoy afeitando, y de repente me llama desde la otra punta del piso. Voy a ver qué pasa... tal cual, a medio afeitarme y con toda la cara cubierta de jabón. ¿Y sabes qué diablos quiere? Preguntarme si yo creo que ella es inteligente. Te lo juro por Dios. Es patética. La miro cuando duerme, y sé muy bien lo que te digo. Créeme.

—Bueno, es algo que conoces mejor que... quiero decir que a mí no me incumbe —dijo el hombre canoso—. El asunto es que no haces nada constructivo para...

—No somos una buena pareja, eso es todo. No es más que eso. Hacemos una pareja asquerosa. ¿Sabes lo que le hace falta? Necesita un gran rufián taciturno que de vez en cuando la deje tendida de un golpe, y después vuelva y siga leyendo el diario. Eso es lo que le hace falta. Soy un tipo demasiado débil para ella. Ya lo sabía cuando nos casamos, te lo juro por Dios. Quiero decir, tú eres un buen sujeto, nunca te has casado, pero a veces, cuando uno se casa, tiene como un presentimiento de lo que va ser su vida después. Yo no le hice caso. No hice ningún caso de esos presentimientos. Soy débil. Ésa es toda la historia, en definitiva.

—No eres débil. Sólo que no procedes con inteligencia —dijo el hombre de pelo entrecano, aceptando un cigarrillo recién encendido que le tendía la chica.

—¡Sí que soy débil! ¡Claro que lo soy! ¡Yo sé muy bien si soy débil o no! Si no fuera débil, ¿te imaginas que habría dejado que todo se...? ¡Para qué hablar! Claro que soy débil... Te estoy impidiendo dormir... ¿Por qué no cuelgas y listo? Al demonio conmigo. Te lo digo sinceramente. Cuelga.

—No voy a cortar, Arthur. Quisiera ayudarte, en todo lo humanamente posible —dijo el hombre canoso—. En verdad, tú eres tu peor...

—Ella no me respeta. Ni siquiera me quiere. Dios mío. En el fondo, si lo analizamos, yo también la he dejado de querer. No sé. La quiero y no la quiero. Según. A veces sí, a veces no. ¡Cielos! Cada vez que me dispongo a terminar de una vez por todas, cenamos fuera, a saber por qué, y nos encontramos en algún sitio y ella va con esos asquerosos guantes blancos o algo por el estilo, qué sé yo. O empiezo a acordarme de la primera vez que fuimos en coche a New

Haven a ver el partido de Princeton. Tuvimos un pincha-
zo justo al salir de la autopista, y hacía un frío espantoso, y
ella sostenía la linterna mientras yo cambiaba ese maldito
neumático... tú sabes lo que quiero decir. No sé. O empiezo a pensar en..., Dios, me cuesta decirlo..., empiezo a pensar en ese puerco poema que le escribí cuando empezamos
a salir juntos: «Rosa es mi color y blanco, linda boquita y
verdes mis ojos.» Qué gracia... Hacía que me acordara de
ella. No tiene ojos verdes... tiene ojos como apestosos cara-
coles marinos... pero, Cristo, igual hacía que me acordara
de ella. No sé... ¿De qué sirve hablar? Me estoy volviendo
loco. Cuelga, ¿quieres? Te lo digo en serio.

El hombre canoso carraspeó y dijo:

—No tengo ninguna intención de colgar, Arthur. Sólo
hay una...

—Una vez me compró un traje. Con su propio dinero.
¿Te lo había contado?

—No. Yo...

—Se fue precisamente a Tripler, creo, y me lo compró.
Yo ni siquiera la acompañé. Quiero decirte que tiene algunos gestos endiabladamente hermosos. Y lo más gracioso
es que no me estaba tan mal. Sólo tuve que hacerlo ajustar
un poco en los fondillos de los pantalones y en el largo.
Quiero decir que tiene algunos malditos gestos muy boni-
tos.

El hombre del pelo entrecano escuchó unos instantes
más. Luego se volvió de pronto hacia la chica. La mirada,
aunque breve, la puso al tanto de todo lo que ocurría al
otro lado de la línea.

—Bueno, Arthur, escúchame —dijo—. Así no vamos
a ninguna parte. Te lo digo sinceramente. Escúchame.
¿Quieres desvestirte y acostarte, como un buen chico? ¿Y
descansar un poco? Joanie seguramente llegará a casa dentro de dos minutos. No querrás que te vea así, ¿verdad? Es
probable que aterrice por ahí con los condenados Ellenbogen. No querrás que todos te vean así, ¿no es cierto? —escuchó—, ¿Arthur? ¿Me oyes?

—Te estoy echando a perder toda la noche. Todo lo
que hago es...

—No me estás echando a perder nada —dijo el hombre de pelo entrecano—. Ni lo pienses. Ya te dije que de noche no duermo más de cuatro horas en total. Lo que sí me gustaría, sería ayudarte todo lo posible, chico —escuchó—. ¿Arthur? ¿Estás ahí?

—Sí, estoy aquí. Escúchame. Ya que no te dejo dormir, ¿te importaría que fuera hasta tu casa para tomar un trago? ¿Te molestaría?

El hombre canoso se enderezó, colocó su mano libre de plano sobre la cabeza y dijo:

—¿Ahora, quieres decir?

—Sí. Claro, si te parece bien. Me quedaría sólo un minutito. Lo único que quiero es sentarme en algún lado y... qué sé yo. ¿Estás de acuerdo?

—Mira, lo que pasa es que no creo que debas hacerlo, Arthur —dijo el hombre canoso retirando la mano de la cabeza—. Por supuesto que puedes venir cuando quieras, pero sinceramente creo que ahora deberías descansar y tranquilizarte hasta que llegue Joanie. Te lo digo sinceramente. Lo que tú quieres es estar justo ahí cuando ella llegue a casa. ¿Estoy en lo cierto, o no?

—Sí. No sé. Te lo digo de verdad, no sé.

—Bueno, pero yo sí. Sinceramente, yo sí —dijo el hombre canoso—. Escúchame. ¿Por qué no te vas a la cama ahora, y descansas, y más tarde, si tienes ganas, me llamas de nuevo? Claro, si es que tienes ganas de hablar. Y no te preocupes. Eso es lo principal. ¿Me oyes? ¿Harás lo que te digo?

—Bueno.

El hombre canoso mantuvo el receptor junto a su oído durante un momento y luego cortó.

—¿Qué dijo? —le preguntó en seguida la chica.

Él cogió su cigarrillo del cenicero, es decir, lo seleccionó entre un montón de colillas y de cigarrillos a medio fumar. Aspiró una bocanada de humo y dijo:

Quería venir a tomar una copa.

—¡Dios mío! ¿Y qué le dijiste? —preguntó la chica.

—Ya me oíste —dijo el hombre canoso, y la miró—. Podías oírme, ¿no? —Apagó el cigarrillo.

—Estuviste maravilloso. Realmente maravilloso —dijo la chica, observándolo—. ¡Dios mío! Me siento fatal.

—Bueno... —dijo el hombre canoso—. Es una situación difícil. No sé si estuve tan maravilloso.

—Sí, lo has estado. Has estado maravilloso —dijo la chica—. Me siento floja, totalmente floja. ¡Mírame!

El hombre de pelo entrecano la miró.

—Bueno, verdaderamente, la situación es imposible. Quiero decir que todo es tan fantástico que ni siquiera...

—Disculpa... —dijo de pronto la chica, y se inclinó hacia delante—. Creo que te estás incendiando. —Rápidamente le pasó las puntas de los dedos por el dorso de la mano—. No era sólo ceniza. Has estado maravilloso —dijo—. ¡Me siento fatal!

—Bien, la situación es muy, muy difícil. Evidentemente, el tipo está pasando por un total...

De pronto sonó el teléfono. El hombre canoso dijo:

—¡Maldita sea! —pero lo había cogido antes de que sonara por segunda vez—. ¿Hola? —dijo.

—¿Lee? ¿Dormías?

—No, no.

—Escucha. Pensé que te interesaría saberlo. Joanie acaba de llegar.

—¿Qué? —dijo el hombre de pelo entrecano, y con la mano izquierda se protegió los ojos, aunque la luz estaba a sus espaldas.

—Sí. Acaba de llegar. Diez segundos después de que hablara contigo. Aprovecho para llamarte ahora que ella está en el baño. Escucha... un millón de gracias, Lee. Te lo digo en serio..., sabes lo que quiero decir. No estabas dormido, ¿verdad?

—No, no, simplemente..., no, no —dijo el hombre canoso, siempre con la mano sobre los ojos. Carraspeó.

—Sí. Lo que sucedió fue que, al parecer, Leona pilló una borrachera de órdago y tuvo un ataque feroz de llanto, y Bob quiso que Joanie fuera con ellos a tomar un trago en alguna parte y suavizar las cosas. Yo no sé. ¿Te das cuenta? Todo es muy complicado. Lo importante es que ya ha llegado. ¡Qué mierda de vida ésta! Pienso que es esta maldita

Nueva York. Creo que, si todo sale bien, vamos a comprarnos una casita, tal vez en Connecticut. No demasiado lejos, aunque sí lo bastante como para poder llevar una vida normal. Lo que quiero decir es que ella se vuelve loca por las plantitas y todas esas cosas por el estilo. Si tuviera un jardín propio y todo lo demás se volvería completamente loca. ¿Me entiendes? Porque, aparte de ti, ¿a quién conocemos en Nueva York sino a un montón de neuróticos? A la larga, hasta una persona normal termina por contagiarse. ¿Comprendes a qué me refiero?

El hombre canoso no contestó. Debajo del escudo de su mano, sus ojos estaban cerrados.

—De todos modos, le voy a hablar de todo esto esta misma noche. O tal vez mañana. Todavía está un poco mareada. Quiero decir que en el fondo es una chica formidable, y si se nos presenta una oportunidad para ponernos de acuerdo, sería estúpido por nuestra parte no aprovecharla. Y mientras tanto voy a tratar de solucionar también ese asunto de las chinches. Estuve pensando. Estuve preguntándome, Lee. ¿Crees que, si yo fuera y hablara con Junior personalmente, podría...?

—Arthur, si no tienes inconveniente, yo preferiría...

—No vayas a pensar que te he llamado de nuevo porque estoy preocupado por ese maldito pleito ni nada parecido. De ningún modo. En el fondo, me importa un bledo. Pensé simplemente que, si podía hacerle entender las cosas a Junior sin romperme la cabeza, sería estúpido por mi parte...

—Escúchame, Arthur —dijo el hombre de pelo entrecano, retirando su mano de la frente—. De pronto me ha dado un terrible dolor de cabeza. No sé a qué demonios se debe. ¿Te molesta si lo dejamos para otro momento? Te llamaré por la mañana, ¿de acuerdo?

Escuchó un instante más y luego colgó.

Nuevamente la chica le dijo algo en seguida, pero él no contestó. Tomó un cigarrillo encendido —el de la chica— del cenicero y empezó a llevárselo a la boca, pero se le cayó de los dedos. La chica intentó ayudarle a encontrarlo antes de que se quemara algo, pero él le dijo que se quedara quieta, por el amor de Dios, y ella retiró la mano.

—El día exquisito te lo voy a dar a ti, amiguito, si no te bajas en seguida de esa maleta. Y no estoy bromeando —dijo el señor McArdle. Hablaba desde la cama más alejada del ojo de buey. Furiosamente, con un suspiro que casi era un lamento, se quitó la sábana de los tobillos de un puntapié, como si su cuerpo debilitado y quemado por el sol no tolerara de pronto ni siquiera el peso de la tela. Estaba de espaldas, vestido sólo con los pantalones de pijama y con un cigarrillo encendido en una mano. Tenía la cabeza erguida, lo bastante como para apoyarla en forma incómoda, casi masoquista, contra la base misma de la cabecera de la cama. La almohada y el cenicero estaban en el suelo, entre su cama y la de su mujer. Sin levantarse, extendió el brazo derecho desnudo de un rosa inflamado, y desparramó las cenizas hacia la mesita de noche.

—¡Vaya con octubre! —dijo—. Si éste es el tiempo de octubre, ¡me quedo con agosto! —Volvió de nuevo la cabeza hacia la derecha, donde estaba Teddy, buscando pelea—. ¡Vamos! —dijo—. ¿Para qué demonios crees que hablo? ¿Para ejercitar la lengua? Por favor, ¡bájate de ahí de una vez!

Teddy se había encaramado a una maleta de aspecto bastante nuevo, para poder mirar a través del ojo de buey del camarote de sus padres. Llevaba zapatillas blancas, muy sucias, sin calcetines, pantalones cortos no sólo demasiado largos, sino también demasiado anchos en los fondillos, una camiseta lavada demasiadas veces, con un agujero del tamaño de una moneda en el hombro derecho, y un cinturón inesperadamente elegante, negro, de cocodrilo. Necesitaba urgentemente un corte de pelo —sobre todo en la nuca—, como sólo podría necesitarlo un niño pequeño con una cabeza casi tan grande como la de un adulto y un cuello fino y delgado.

—Teddy, ¿me has oído?

Teddy no se asomaba por el ojo de buey ni tanto ni tan peligrosamente como suelen asomarse los niños por los ojos de buey abiertos; en realidad, apoyaba ambos pies de plano sobre la superficie de la maleta, pero tampoco puede decirse que se asomaba apenas: su cabeza estaba más fuera de la cabina que dentro. Sin embargo, estaba perfectamente al alcance de la voz de su padre... sobre todo tratándose de su voz. El señor McArdle hacía papeles estelares en nada menos que tres radionovelas en Nueva York, y tenía lo que podía calificarse como la voz radiofónica de una primera figura de tercera clase: de una profundidad y resonancia narcisistas, preparada funcionalmente para hacer sentir su superioridad sobre cualquier otra persona que se encontrara en las cercanías, aunque esa persona fuera un niño. Cuando la voz estaba de vacaciones, oscilaba entre su amor por el pleno volumen y una mezcla teatral de quietud y calma. En ese momento, el volumen era lo que imperaba:

—¡Teddy, diablos! ¿Me escuchas?

Teddy giró la cintura, sin cambiar la posición vigilante de sus pies sobre la maleta, y dirigió a su padre una mirada inquisitiva, franca y pura. Sus ojos, de un color castaño pálido, no muy grandes, eran levemente bizcos, el izquierdo más que el derecho. No eran tan estrábicos como para desfigurarlo, ni siquiera para llamar la atención a primera vista. Eran sólo lo bastante bizcos como para mencionarlo, y sólo en relación con el hecho de que uno tenía que pensarlo larga y seriamente antes de desear que fueran más derechos, o más profundos, o más oscuros, o más separados. Su cara, tal cual era, transmitía la sensación, aunque oblicua y lenta, de la verdadera belleza.

—Quiero que te bajes de esa maleta ahora mismo. ¿Cuántas veces quieres que te lo diga? —dijo el señor McArdle.

—Quédate exactamente donde estás, querido —dijo la señora McArdle, que evidentemente tenía problemas con su sinusitis por la mañana temprano. Tenía los ojos abiertos, pero a duras penas—. No te muevas ni un centímetro. —Se hallaba tendida sobre el costado derecho, con la cara vuelta hacia la izquierda, mirando a Teddy y al ojo de buey, y la espalda hacia su marido. La sábana de arriba tapaba por completo su cuerpo, probablemente desnudo, cubriéndole brazos y todo lo demás, hasta el mentón—. Salta para arriba y para abajo —dijo, cerrando los ojos—. Aplasta la maleta de papaíto.

—Es algo muy brillante lo que acabas de decir —dijo el señor McArdle con una calma que quería ser firme—. Pagué veintidós libras por una maleta, y le pido de buen modo al chico que no se suba en ella, y tú le dices que salte encima. ¿De qué se trata? ¿Es un chiste?

—Si esa maleta no puede aguantar el peso de un chico de diez años, que tiene seis kilos menos de lo que debe pesar por su edad, no quiero esa maleta en mi camarote —dijo la señora McArdle sin abrir los ojos.

—¿Sabes lo que me gustaría hacer? —dijo el señor McArdle—. Partirte la cabeza de un puntapié.

—¿Por qué no lo haces?

El señor McArdle se incorporó bruscamente sobre un codo y apagó la colilla en el vidrio de la mesita de noche.

—Uno de estos días... —empezó a decir con tono intimidatorio.

—Uno de estos días te va a dar un ataque al corazón y

va a ser trágico, muy trágico —dijo la señora McArdle, gastando un mínimo de energía. Sin sacar los brazos de debajo de la sábana, se envolvió aún más en ésta—. Habrá un sepelio discreto y de buen gusto, y todos preguntarán quién es esa atractiva mujer vestida de rojo sentada en la primera fila, coqueteando con el organista y haciendo un endiablado...

—Eres tan asquerosamente chistosa que ni siquiera resulta chistoso —dijo el señor McArdle, cayendo otra vez de espaldas, inerte.

Durante este breve intercambio, Teddy había girado de nuevo la cara y siguió mirando por el ojo de buey.

—Pasamos al *Queen Mary*, en dirección contraria, esta madrugada a las tres y treinta y dos, si a alguien le interesa, cosa que dudo —dijo lentamente. Su voz era extraña y bellamente ronca, como la de algunos niños pequeños. Cada una de sus frases era como una pequeña isla antigua, inundada por un mar de whisky en miniatura—. Ese comisario de cubierta que Booper odia lo tenía escrito en su pizarrón.

—Yo te voy a dar *Queen Mary* a ti, amiguito, si no te bajas de esa maleta ahora mismo —dijo su padre. Volvió la cabeza para mirar a Teddy—. Bájate ahora mismo y ve a cortarte el pelo o lo que sea. —Fijó de nuevo la mirada en la nuca de su mujer—. Dios mío, si parece precoz.

—No tengo dinero —dijo Teddy. Afirmó las manos en el marco del ojo de buey y apoyó el mentón sobre los nudillos—. Mamá, ¿te has fijado en ese hombre que se sienta cerca de nosotros en el comedor? No ese muy delgado. El otro, en la misma mesa. Justo al lado de donde nuestro camarero deja la bandeja.

—Hmmm... —dijo la señora McArdle—. Teddy. Querido. Deja a mamá dormir cinco minutos más, como un chico bueno.

—Espera un segundo. Esto es muy interesante —dijo Teddy sin sacar el mentón de su punto de apoyo y con los ojos siempre fijos en el mar—. Ese hombre estaba en el gimnasio hace un rato, mientras Sven me pesaba. Se acercó y me empezó a hablar. Había escuchado la última cinta que grabé. No la de abril. La de mayo. Estaba en una fiesta en Boston justo antes de salir hacia Europa, y parece que alguien en la fiesta conocía a alguien del grupo examinador de Leidekker, no dijo quién, y pidieron prestada esa última cinta que grabé y la pasaron en la fiesta. Parece que le interesa. Es un amigo del profesor Babcock. Parece que él también es profesor. Dijo que estuvo todo el verano en el Trinity College de Dublín.

—¿Oh? —dijo la señora McArdle—. ¿La escucharon en una fiesta? —Permaneció acostada, contemplando soñolienta la parte posterior de las piernas de Teddy.

—Eso parece —dijo Teddy—. Le habló mucho a Sven sobre mí, mientra yo estaba allí de pie. Y resultaba bastante molesto.

—¿Por qué tenía que ser molesto?

Teddy vaciló.

—Dije «bastante molesto». Lo califiqué.

—Yo te voy a calificar a ti, amiguito, si no te bajas en seguida de ahí —dijo el señor McArdle. Acababa de encender un nuevo cigarrillo—. Voy a contar hasta tres. Uno... maldita sea... dos...

—¿Qué hora es? —preguntó de pronto la señora McArdle, dirigiéndose a la parte posterior de las piernas de Teddy—. Tú y Booper, ¿no tenéis clase de natación a las diez y media?

—Tenemos tiempo —dijo Teddy—. ¡Blum! —De pronto sacó toda la cabeza por el ojo de buey, la mantuvo fuera durante unos segundos y la volvió a entrar apenas el tiempo necesario para informar—: Alguien acaba de vaciar todo un cubo de mondas de naranja por la ventana.

—Por la ventana. Por la ventana —Dijo el señor McArdle sarcásticamente, sacudiendo la ceniza de su cigarrillo—. Por el ojo de buey, amiguito, por el ojo de buey. —Miró a su mujer—. Llama por teléfono a Boston, rápido, y habla con el grupo examinador de Leidekker.

—Oh, qué ingenioso eres... —dijo la señora McArdle—. ¿Por qué te esfuerzas tanto?

Teddy entró casi toda la cabeza.

—Flotan muy bien —dijo, sin volverse—. Es muy interesante.

—Teddy. Por última vez. Voy a contar hasta tres, y después te voy a...

—No quiero decir que sea interesante porque flotan —dijo Teddy—. Es interesante que yo sepa que están ahí. Si no las hubiera visto, no sabría que están ahí, y si no supiera que están ahí, ni siquiera podría afirmar que existen. Es un hermoso ejemplo, un ejemplo perfecto de cómo...

—Teddy —interrumpió la señora McArdle, inmóvil debajo de la sábana—. Ve y búscame a Booper. ¿Dónde anda? No quiero que hoy vuelva a estar mucho rato al sol, con esas quemaduras que tiene.

—Está bien cubierta. Le hice poner los vaqueros —dijo Teddy—. Algunas empiezan ahora a hundirse. En pocos minutos, sólo flotarán en mi mente. Es muy interesante, porque, según se mire, ahí es donde empezaron a flotar por primera vez. Si yo no hubiera estado aquí, o si hubiera venido alguien y me hubiera cortado la cabeza justo en el momento en que...

—¿Dónde está ahora? —preguntó la señora McArdle—. Mira a tu madre un minuto, Teddy.

Teddy se volvió y miró a su madre.

—¿Qué? —dijo.

—¿Dónde está Booper? No quiero que ande dando vueltas por las hamacas, molestando a la gente. Si ese hombre horrible...

—No te preocupes. Le di la cámara fotográfica.

El señor McArdle se incorporó sobre un codo.

—¡Le diste la cámara! —dijo—. ¿En qué diablos estabas pensado? ¡Nada menos que mi Leica! No voy a permitir que una mocosa de seis años ande pavoneándose por todos lados...

—Le mostré cómo debía sujetarla para que no se le cayera —dijo Teddy—. Y, por supuesto, le saqué el rollo.

—Tráeme la cámara, Teddy. ¿Me oyes? Quiero que te bajes de esa maleta en seguida y que la cámara aparezca en este camarote antes de cinco minutos, o va a haber un niño prodigio menos. ¿Me has entendido?

Teddy hizo girar los pies sobre la maleta y se bajó. Se agachó y se ató el cordón de la zapatilla izquierda mientras su padre, todavía apoyado sobre un codo, lo miraba como un celador.

—Dile a Booper que quiero que venga —dijo la señora McArdle—. Y dale un beso a mamá.

Teddy acabó de atarse el cordón y besó mecánicamente a su madre en la mejilla. Ella a su vez sacó un brazo de debajo de la sábana, como para ceñir la cintura de Teddy, pero, cuando terminó de hacerlo, Teddy ya se había alejado. Había dado la vuelta y se hallaba en el espacio libre entre las dos camas. Se inclinó y volvió a incorporarse con la almohada de su padre debajo de un brazo y en la otra mano el cenicero que correspondía a la mesita de noche. Pasando el cenicero a la mano izquierda, se acercó a la mesita de noche y, con el borde de la mano derecha, barrió la superficie de la mesita volcando en el cenicero las cenizas y las colillas que su padre había esparcido. Después, antes de poner el cenicero donde correspondía, limpió con el antebrazo la fina película de ceniza que había quedado sobre el vidrio de la mesa. Después se limpió el brazo en los *shorts* blancos. Depositó el cenicero en su lugar, con sumo cuidado, como si pensara que un cenicero debía estar colocado exactamente en el centro de una mesita de noche o en ningún otro lado. En este momento, el padre, que había estado observándolo, desvió la mirada.

—¿No quieres la almohada? —preguntó Teddy.

—Quiero esa cámara, jovencito.

—En esa posición no puedes estar cómodo. No es posible —dijo Teddy—. La dejo aquí. —Puso la almohada al pie de la cama, sin tocar los pies del padre. Se dirigió hacia la puerta del camarote.

—Teddy —dijo la madre sin volverse—. Dile a Booper que quiero verla antes de la clase de natación.

—¿Por qué no dejas tranquila a la chica? —preguntó el señor McArdle—. ¿Te molesta que tenga unos roñosos minutos de libertad? ¿Sabes cómo la tratas? Te lo diré exactamente. La tratas como si fuera un criminal empedernido.

—¿Empedernido? ¡Ay, qué fino! Estás mejorando tu estilo, querido...

Teddy se quedó un momento junto a la puerta, cavilando mientras jugaba con el picaporte, girándolo a izquierda y derecha.

—Cuando salga por esa puerta, tal vez exista sólo en la mente de los que me conocen —dijo—. Puedo ser una cáscara de naranja.

—¿Qué dices, querido? —preguntó la señora McArdle desde el otro extremo del camarote, aún recostada sobre el lado derecho.

—Vamos a buscar eso, amiguito. Vamos a buscar esa Leica.

—Ven, dale un beso a mamá. Un beso grande y bonito.

—No ahora —dijo Teddy abstraído—. Estoy cansado.
—Y cerró la puerta al salir.

El boletín del barco estaba junto a la puerta. Era una hoja de papel satinado impreso por una sola cara. Teddy lo cogió y empezó a leerlo mientras avanzaba lentamente por el largo pasillo en dirección a la popa. Desde el otro extremo venía hacia él una mujer alta y rubia, vestida con un uniforme blanco y almidonado, y que llevaba en las manos un florero con rosas rojas de largos tallos. Al pasar junto a Teddy, extendió la mano izquierda y le rozó la cabeza, diciendo: «¡Alguien necesita cortarse el pelo!» Teddy apartó la mirada del periódico con toda parsimonia y miró hacia arriba, pero la mujer había seguido de largo, y él no volvió la cabeza. Prosiguió su lectura. Al final del pasillo, frente a un enorme mural de San Jorge y el Dragón que había sobre el rellano de la escalera, dobló el diario en cuatro y lo guardó en el bolsillo izquierdo de atrás. Subió luego por los bajos peldaños de la amplia y alfombrada escalera hacia la cubierta principal, un piso más arriba. Subía los escalones de dos en dos pero con lentitud, apoyando todo el peso de su cuerpo en la baranda, como si el hecho de subir escaleras fuera para él, como lo es para muchos chicos, un fin en sí mismo bastante agradable. Al llegar a la cubierta principal, fue directamente al despacho del comisario, donde en ese momento había una bonita chica con uniforme naval. Estaba grapando algunas hojas ciclostiladas.

—¿Puede decirme a qué hora empieza hoy ese juego, por favor? —le preguntó Teddy.

—¿Cómo dices?

—¿Puede decirme a qué hora empieza ese juego, hoy?

La chica le brindó una sonrisa maquillada.

—¿Qué juego, guapo? —preguntó.

—Ese juego que jugaron ayer y anteayer, donde uno tiene que agregar las palabras que faltan. Mejor dicho, donde hay que poner cada cosa en su contexto.

La chica interrumpió la colocación de tres hojas en la grapadora.

—No es hasta después de la siesta, me parece. Creo que alrededor de las cuatro. ¿No es un poco complicado para ti, querido?

—No... no lo es... gracias —dijo Teddy, y se dispuso a marchar.

—¡Espera un momento, guapo! ¿Cómo te llamas?

—Theodore McArdle —dijo Teddy—. ¿Y usted?

—¿Yo? —dijo la chica, sonriendo—. Yo soy la guardiamarina Mathewson.

Teddy observó cómo accionaba la grapadora.

—Ya sabía que usted es guardiamarina —dijo—. No estoy seguro, pero creo que cuando alguien le pregunta a uno el nombre, se supone que tiene que decirlo completo. Jane Mathewson, o Phyllis Mathewson, o como sea.

—¿Ah, sí?

—Eso creo —dijo Teddy—. Aunque no estoy seguro. A lo mejor es distinto cuando se lleva uniforme. De todos modos, gracias por la información. ¡Adiós! —se dio la vuelta y subió a la cubierta de paseo, saltando nuevamente los escalones de dos en dos, pero esta vez más bien de prisa.

Después de buscarla un rato encontró a Booper en la cubierta de paseo. Estaba en un lugar soleado —casi como en un claro de un bosque— entre dos pistas de tenis de cubierta en las que no jugaba nadie. En cuclillas, con el sol a la espalda y una leve brisa que le mecía el pelo rubio y sedoso, estaba atareada apilando discos de un juego de tejo en dos montones contiguos, uno de discos negros y otro de discos rojos. Al lado, a su derecha, había un chico muy pequeño, vestido con un traje de baño de algodón, que se limitaba a observar.

—¡Mira! —dijo imperiosamente Booper a su hermano cuando éste se acercó. Se inclinó hacia delante y rodeó con los brazos los dos montones de discos para mostrar su obra, aislándola de cualquier otra cosa que pudiera haber a bordo—. Myron —dijo con hostilidad, dirigiéndose a su compañero—, estás haciendo sombra y mi hermano no puede ver. Sal de ahí.

Cerró los ojos y esperó, con un gesto adusto, hasta que Myron se movió. Teddy se detuvo junto a los dos montones de discos y los miró con aprecio.

—Muy bonito —dijo—. Muy simétrico.

—Éste —dijo Booper, señalando a Myron— ni siquiera ha oído hablar del tric-trac. Ni siquiera tiene uno.

Teddy miró rápidamente, objetivamente, a Myron.

—Escucha —dijo a Booper—. ¿Dónde está la cámara? Papá la quiere en seguida.

—Ni siquiera vive en Nueva York —dijo Booper a Teddy—. Y su padre ha muerto. Lo mataron en Corea —giró hacia Myron—. ¿No es verdad? —preguntó, pero sin esperar respuesta—. Ahora, si se muere la madre, será un huérfano. Él ni siquiera lo sabía —miró a Myron—. ¿No es así?

Myron, sin comprometerse, se cruzó de brazos.

—Eres el estúpido más grande que he conocido —le dijo Booper—. Eres el estúpido más grande de todo este océano. ¿Lo sabías?

—No lo es —dijo Teddy—. No lo eres, Myron. —Se dirigió a su hermana—: Escúchame un segundo. ¿Dónde está la cámara? La necesito inmediatamente. ¿Dónde está?

—Ahí —dijo Booper, sin señalar en ninguna dirección precisa. Acercó los dos montones de discos—. Ahora, lo único que necesito es dos gigantes. Podrían jugar al tric-trac hasta que se cansen y luego subirse a esa chimenea y tirar los discos sobre la gente y matarlos a todos. —Miró a Myron—. Podrían matar a tus padres —le dijo con suficiencia—; y, si no se mueren, ¿sabes qué podrías hacer? Podrías envenenar unos caramelos y dárselos para que los coman.

La Leica estaba a unos tres metros de allí, cerca de la baranda blanca que rodeaba la cubierta de paseo, caída de lado sobre el canal de desagüe. Teddy se acercó, la cogió por la correa y se la puso al cuello. De pronto, se la quitó y se la entregó a Booper:

—Booper, hazme un favor. Llévala tú, anda —dijo—. Son las diez. Tengo que hacer una anotación en mi diario.

—Estoy ocupada.

—De todos modos, mamá quiere verte ahora mismo —dijo Teddy.

—Eres un mentiroso.

—No soy mentiroso. Quiere verte —dijo Teddy—. Así que, cuando bajes, lleva esto. Vamos, Booper... anda.

—¿Para qué quiere verme? —preguntó Booper—. Yo no quiero verla a ella. —De pronto le dio una palmada en una mano a Myron, que estaba a punto de coger uno de los discos del montón rojo—. Saca la mano —dijo.

Teddy le colgó la Leica al cuello.

—Ahora estoy hablando en serio. Llévale esto a papá en seguida, y luego nos veremos en la piscina —dijo—. Te espero en la piscina a las diez y media. O en la puerta del sitio donde te cambias la ropa. Sé puntual. Es ahí abajo en la cubierta E, no te olvides, así que calcula bien el tiempo. —Se dio la vuelta y se marchó.

—¡Te odio! ¡Odio a todos los que están en este océano! —le gritó Booper, mientras se alejaba.

Debajo de la cubierta de deportes, más allá del solario, había como setenta y cinco hamacas o más, desplegadas y alineadas en filas de siete o de ocho, con pasillos apenas lo

bastante anchos como para que el camarero de cubierta
pudiera pasar sin tropezar con los adminículos de los pasajeros que tomaban el sol: bolsas de tejer, novelas forradas,
bronceadores, cámaras fotográficas. El lugar estaba totalmente lleno cuando Teddy llegó. Empezó por la fila de
más atrás y se desplazó metódicamente, deteniéndose en
cada silla, estuviera o no ocupada, para leer el nombre
marcado en cada brazo. Sólo un pasajero o dos le dijeron
algo, es decir, cualquiera de esos amables tópicos que los
adultos suelen dirigir a un niño de diez años preocupado
sólo por encontrar su propia silla. Su juventud y preocupación eran bastante evidentes, pero quizá su comporta-
miento general no tenía, o tenía demasiado poco, de esa
pintoresca solemnidad a la que condescienden dirigirse
con facilidad muchos adultos. También sus ropas, tal vez,
tenían algo que ver en ello. El agujero en el hombro de la
camiseta no era un agujero atractivo. Los fondillos demasiado holgados y el largo excesivo de los pantalones no
eran detalles como para cautivar a nadie.

Las cuatro hamacas de los McArdle, con sus almohadones y listas para ser ocupadas, se hallaban en el centro de la
segunda fila a partir de delante. Teddy se sentó en una que
—la hubiera elegido intencionadamente o no— no tenía
a nadie directamente a un lado ni a otro. Estiró las piernas
desnudas, todavía blancas, y colocó los pies juntos sobre el
posapiés. Casi simultáneamente sacó del bolsillo derecho
trasero una libretita de apuntes de diez céntimos. Luego,
con una concentración inmediata, como si no existieran
más que él y la libreta —ni sol, ni otros pasajeros, ni bar-
cos—, empezó a pasar las hojas.

A excepción de unos pocos apuntes, hechos con lápiz, la
mayoría de las anotaciones habían sido escritas con bolígrafo. La letra era de imprenta, tal como se enseña ahora
en todas las escuelas norteamericanas, en lugar del sistema
Palmer que se usaba antes. Era legible sin ser totalmente
bonita. Lo notable de la letra era su fluidez. En ningún
sentido —gráficamente, por lo menos— las palabras y
frases parecían haber sido escritas por un niño.

Teddy dedicó bastante tiempo a la lectura de lo que parecía ser su anotación más reciente. Abarcaba algo más de tres páginas:

Diario del día 27 de octubre de 1952
Propiedad de Theodore McArdle
412 Cubierta A

Se dará una justa y satisfactoria gratificación a quien devolviere este diario a Theodore McArdle.

Ver si puedes encontrar las chapas de identificación que llevaba papi cuando estaba en el ejército y usarlas siempre que sea posible. No te matará y a él le va a gustar.

Contestar la carta del profesor Mandell cuando tengas tiempo y paciencia. Pedirle que no me mande más libros de poesía. De todos modos, ya tengo bastante para un año. Ya estoy harto de poesía, de todos modos. Un hombre camina por la playa y, desgraciadamente, un coco le da en la cabeza. Desgraciadamente la cabeza se le parte en dos. Entonces su mujer viene por la playa cantando una canción y ve las dos mitades de su cabeza y las reconoce y las recoge. Se pone muy triste, por supuesto, y llora desconsoladamente. Ahí es precisamente donde la poesía me cansa. Supongamos que la señora se limita a recoger las dos mitades y a gritarles con furia «¡Basta ya!». No mencionar esto cuando contestes su carta, sin embargo. Se presta a discusiones y, además, la señora Mandell es poeta.

Conseguir la dirección de Seven en Elizabeth, New Jersey. Sería interesante conocer a su esposa y también a su perro Lindy. Aunque a mí, personalmente, no me gustaría tener un perro.

Escribir carta de condolencia al doctor Wokawara por su nefritis. Pedirle a mamá su nueva dirección.

Probar la cubierta de deportes, mañana por la mañana antes del desayuno, para meditar, pero no perder la cabeza. Tampoco perder la cabeza en el comedor si el camarero deja caer otra vez ese cucharón. Papá se puso muy furioso.

Palabras y expresiones que debes consultar en la biblioteca mañana, cuando devuelvas los libros:

> *nefritis*
> *miríada*
> *presente griego*
> *astuto*
> *triunvirato*

Ser más amable con el bibliotecario. Conversar de generalidades con él, si se pone pesado.

De pronto, Teddy sacó un bolígrafo pequeño, en forma de bala, del bolsillo lateral de su pantalón, le quitó el capuchón y empezó a escribir. Usaba el muslo derecho como escritorio en vez del brazo de la hamaca.

Diario del 28 de octubre de 1952
Misma dirección e igual gratificación que las ofrecidas los días 26 y 27 de octubre de 1952

Esta mañana, después de meditar, escribí cartas a las siguientes personas:

> Doctor Wokawara
> Profesor Mandell
> Profesor Peet
> Burgess Hake (h.)
> Roberta Hake
> Sanford Hake
> Abuela Hake
> Señor Graham
> Profesor Walton

Podría haberle preguntado a mamá dónde están las chapas de identificación de papá, pero probablemente diría que no debo usarlas. Sé que las trajo porque lo vi meterlas en la maleta.

En mi opinión, la vida es un presente griego.

Creo que es de muy mal gusto por parte del profesor Walton criticar a mis padres. Él quiere que la gente sea de cierta manera.

Ocurrirá hoy o el 14 de febrero de 1958, cuando yo tenga dieciséis años. Hasta es ridículo mencionarlo.

Después de hacer su última anotación, Teddy mantuvo su atención centrada en la página y en el bolígrafo, como si pensara seguir escribiendo.

Al parecer, ignoraba que tenía un observador solitario pero interesado. A unos cinco metros de la primera fila de hamacas, y desde una altura de cinco o seis metros deslumbrantes de sol, un hombre joven lo observaba atentamente desde la baranda de la cubierta de deportes. Hacía unos diez minutos que estaba allí. Era evidente que el joven acababa de llegar a algún tipo de decisión, porque de pronto sacó los pies de la baranda. Se quedó aún un momento mirando en dirección a Teddy y luego se alejó. Un minuto más tarde reapareció visiblemente vertical, entre las filas de hamacas. Tendría a lo sumo treinta años. Vino por el pasillo hacia la silla de Teddy, proyectando sombras pasajeras en las novelitas que la gente leía, y caminando sin inhibiciones (teniendo en cuenta que era el único de pie y en movimiento a la vista) entre las bolsas de baño y otros efectos personales.

Teddy no pareció darse cuenta de que alguien estaba de pie junto a su silla sobre su hombro, y, por ello, proyectando su sombra sobre su libreta de apuntes. Algunas personas en las filas de atrás eran más fáciles de distraer. Miraron al joven como quizá sólo la gente sentada en hamacas puede mirar. Sin embargo, el joven tenía una especie de aplomo que al parecer le hubiera permitido soportar indefinidamente sus miradas, con la sola condición de que no olvidara mantener una mano en el bolsillo.

—¡Hola! —dijo a Teddy, que levantó la vista.

—¡Hola! —dijo el chico. Cerró en parte su libreta y en parte dejó que se cerrara sola.

—¿Te molesta que me siente un minuto? —dijo el joven con una especie de cordialidad ilimitada—. ¿Esta silla está ocupada?

—Bueno, estas cuatro sillas pertenecen a mi familia —dijo Teddy—, pero mis padres todavía no se han levantado.

—¿Todavía? En un día como éste... —dijo el joven. Ya se había tendido en la hamaca que estaba a la derecha de Teddy. Las hamacas se hallaban tan cerca unas de otras que los brazos se tocaban—. Es un sacrilegio —agregó—. Un verdadero sacrilegio. —Estiró las piernas de muslos extraordinariamente gruesos, casi como torsos humanos. Estaba vestido, en general, a la manera de la costa Este: por arriba el pelo muy corto y por abajo unos zapatos bastante usados, y en el medio un uniforme algo heterogéneo... calcetines de lana color beige, pantalones gris antracita, camisa de cuello abotonado, sin corbata, y chaqueta de tela espigada con toda la apariencia de haber envejecido en alguno de los seminarios para graduados más populares de Yale, o Harvard, o Princeton—. Dios mío, qué día tan divino —dijo admirativo, entornando los ojos bajo el sol—. Soy un esclavo del buen tiempo. —Cruzó los tobillos de sus gruesas piernas—. En realidad, puedo llegar a tomar un día corriente de lluvia como una ofensa personal. Así que esto es una manía para mí. —Aunque el tono de su voz era como se suele decir de buena cuna, se elevaba más de lo estrictamente necesario, como si hubiera llegado a la conclusión de que cualquier cosa que dijese habría de sonar con toda seguridad bastante bien, resultando inteligente, culta, incluso divertida o estimulante, no sólo a Teddy sino a los que estaban sentados en la fila de atrás, si es que lo oían. Miraba de reojo a Teddy y se sonreía—. Tú, ¿cómo te llevas con el tiempo? —preguntó. Su sonrisa no carecía de encanto, pero era social, de conversación, y se dirigía, aunque fuese indirectamente, a su propio ego—. ¿Alguna vez el tiempo te ha molestado más de lo normal? —preguntó, siempre sonriendo.

—No lo tomo como una cuestión personal, si es eso lo que quiere decir —dijo Teddy.

El joven se echó a reír, inclinando la cabeza hacia atrás.

—Maravilloso —dijo—. Por cierto, mi nombre es Bob Nicholson. No recuerdo si te lo dije en el gimnasio. Tu nombre lo conozco, por supuesto.

Teddy desplazó su peso sobre un muslo y guardó la libreta en un bolsillo del pantalón.

—Te estaba viendo escribir desde allí arriba —dijo Nicholson como si contara un cuento y señalando con el dedo—. Trabajabas como un negro.

Teddy lo miró.

—Estaba escribiendo algo en mi libreta de apuntes.

Nicholson asintió con la cabeza, sonriente.

—¿Qué tal Europa? —preguntó en tono de conversación—. ¿Te divertiste?

—Sí, mucho, gracias.

—¿A dónde fuiste?

Teddy se inclinó de pronto hacia delante y se rascó una pantorrilla.

—Bueno, me llevaría demasiado tiempo nombrar todos los lugares, porque fuimos con el automóvil y cubrimos distancias bastante grandes —se apoyó otra vez en el respaldo—. Pero mi madre y yo estuvimos principalmente en Edimburgo, en Escocia, y en Oxford, en Inglaterra. Creo que en el gimnasio le conté que en esos dos lugares me entrevistaron. Sobre todo en la Universidad de Edimburgo.

—No, no creo que me lo hayas contado —dijo Nicholson—. Me preguntaba si te habían hecho algo así. ¿Cómo te fue? ¿Te marearon mucho?

—¿Cómo dice? —dijo Teddy.

—¿Cómo salió todo? ¿Fue interesante?

—A veces sí, a veces no —dijo Teddy—. Nos quedamos demasiado tiempo. Mi padre quería llegar a Nueva York antes que este barco. Pero vino a verme gente de Estocolmo, Suecia, y de Innsbruck, Austria, y tuvimos que esperar.

—Siempre pasa lo mismo.

Teddy lo miró de lleno por primera vez.

—¿Usted es poeta? —preguntó.

—¿Poeta? —dijo Nicholson—. No. Por desgracia, no. ¿Por qué lo preguntas?

—No sé. Los poetas se toman siempre el tiempo tan a pecho. Siempre están metiendo sus emociones en cosas que no tienen ninguna emoción.

Nicholson, sonriendo, metió la mano en un bolsillo de la chaqueta y sacó cigarrillos y fósforos.

—Yo creía más bien que ése era su material de trabajo —dijo—. ¿Acaso los poetas no se ocupan ante todo de las emociones?

Al parecer, Teddy no le había oído o no lo escuchaba. Miraba abstraído hacia las dos chimeneas que dominaban la cubierta de deportes.

Nicholson encendió su cigarrillo con alguna dificultad porque soplaba una leve brisa del norte. Se apoyó en el respaldo y dijo:

—Pienso que los dejaste bastante perplejos...

—«Nada en la voz de la cigarra indica cuán pronto ha de morir» —dijo Teddy de repente—. «Nadie marcha por este camino en esta tarde de otoño».

—¿Qué es eso? —preguntó Nicholson, sonriente—. Dilo de nuevo.

—Son dos poemas japoneses. No están llenos de cosas emocionales —dijo Teddy. De pronto se irguió en el asiento, inclinó la cabeza hacia la derecha y se dio una suave palmada en la oreja—. Todavía tengo un poco de agua en el oído que me entró ayer durante la clase de natación —dijo.

Dio otro par de palmadas a la oreja y luego se reclinó, descansando ambos brazos en la hamaca. Era, por supuesto, una hamaca normal, para adultos, y él se veía muy pequeño en ella, pero al mismo tiempo tenía un aspecto, incluso, sereno.

—Creo que dejaste bastante perplejos a un montón de pedantes de Boston —dijo Nicholson, observándolo—. Después de esa última discusión. A todo el grupo examinador de Leidekker, más o menos, si mal no recuerdo. Creo que te conté que en junio pasado tuve una charla bastante larga con Al Babcock. Escuché tu cinta grabada.

—Sí, así es. Me lo dijo.

—Creo que ese grupo quedó bastante desconcertado —insistió Nicholson—. Según me contó Al, una noche tuvieron una discusión a muerte, creo que la misma noche que grabaste esa cinta. —Aspiró una bocanada de humo—. Según creo, hiciste ciertos pronósticos que preocuparon enormemente a los muchachos. ¿Es así?

—Ojalá supiera por qué cree la gente que la emoción es tan importante —dijo Teddy—. Para mi madre y mi padre, una persona no es humana si no piensa que hay cantidad de cosas muy tristes o muy molestas o... digamos, algo así como muy injustas. Mi padre se pone terriblemente emotivo hasta cuando lee el diario. Piensa que soy inhumano.

Nicholson sacudió la ceniza del cigarrillo a un lado.

—Supongo que tú no te emocionas —dijo.

Teddy pensó antes de contestar.

—No recuerdo haberme emocionado nunca —dijo—. No sé qué utilidad puede tener eso.

—Amas a Dios, ¿no es así? —preguntó Nicholson, con una calma un poco excesiva—. ¿No vendría a ser ése tu fuerte? Por lo que escuché en esa cinta y por lo que Al Babcock me...

—Sí, claro. Lo amo. Pero no lo amo sentimentalmente. Él jamás dijo que había que amarlo en forma sentimental —dijo Teddy—. Si yo fuera Dios, no querría que la gente me amara sentimentalmente. Los sentimientos no son dignos de confianza.

—Quieres a tus padres, ¿verdad?

—Sí... mucho —dijo Teddy—. Pero usted desea hacerme usar esa palabra para darle el significado que le interesa... Ya me doy cuenta.

—Está bien. ¿Con qué significado deseas emplearla tú?

Teddy lo pensó.

—¿Conoce el significado de la palabra «afinidad»? —preguntó, volviéndose hacia Nicholson.

—Tengo una idea aproximada —dijo Nicholson secamente.

—Tengo una gran afinidad con ellos. Quiero decir que son mis padres y todos formamos parte de una armonía recíproca —dijo Teddy—. Quiero que disfruten mientras vivan, porque les gusta pasarlo bien... Pero ellos no me quieren a mí ni a Booper, que es mi hermana, de ese mismo modo. Lo que quiero decir es que parece que no pueden querernos tal como somos. Parece que no pueden querernos si no intentan cambiarnos un poquito. Quieren sus motivos para querernos tanto como nos quieren a nosotros, y a veces más. Así no es tan bueno. —De nuevo se volvió hacia Nicholson, esta vez inclinado un poco hacia delante—. Por favor, ¿qué hora es? Lo pregunto porque tengo una clase de natación a las diez y media.

—Tienes tiempo de sobras —dijo Nicholson sin mirar su reloj. Luego retiró el puño de la chaqueta—: Son las diez y diez —dijo.

—Gracias —dijo Teddy, y se recostó—. Podemos seguir disfrutando de la conversación unos diez minutos más.

Nicholson dejó caer una pierna hacia el costado de la hamaca, se inclinó y pisó la colilla del cigarrillo.

—Si no entiendo mal —dijo—, tú estás muy de acuerdo con la teoría veda de la reencarnación.

—No es una teoría. Es una parte...

—Está bien —dijo Nicholson rápidamente. Sonrió y alzó suavemente las palmas de las manos en una especie de irónica bendición—. No vamos a discutir esa cuestión, por el momento. Déjame terminar —de nuevo cruzó sus gruesas piernas, extendidas—. Según puedo entender, has obtenido ciertos datos por los cuales has llegado a convencerte de que en tu última encarnación eras un santón de la India, pero que perdiste más o menos la gracia...

—Yo no era un santón —dijo Teddy—. Era sólo un hombre que había alcanzado un gran proceso espiritual.

—Bueno... lo que sea —dijo Nicholson—. Pero lo importante es que crees que en tu última encarnación perdiste más o menos la gracia antes de llegar a la Iluminación final. ¿Es así, o yo...?

—Así es —dijo Teddy—. Me encontré con una mujer,

y dejé de meditar —retiró los brazos y metió las manos debajo de los muslos, como para abrigarlas—. De todos modos, hubiera tenido que tomar otro cuerpo y regresar a la Tierra... quiero decir que no habría adelantado tanto espiritualmente como para morir, en el caso de que no hubiera encontrado a esa mujer, y llegar directamente a Brahma sin tener que volver a la Tierra. Pero, de no haberme encontrado con esa mujer, no habría tenido que encarnarme en un cuerpo norteamericano. Quiero decir, es muy difícil meditar y llevar una vida espiritual en Estados Unidos. Al que trata de hacerlo, la gente lo toma por un bicho raro. En cierto modo, mi padre piensa que soy un bicho raro. Y mi madre... bueno, ella cree que no me hace bien estar pensando continuamente en Dios. Cree que me perjudica a la salud.

Nicholson lo miraba, estudiándolo.

—Me parece que en la última cinta dijiste que tuviste tu primera experiencia mística a los seis años. ¿No es así?

—Tenía seis años cuando me di cuenta de que todo era Dios, y se me erizó el pelo y todo eso —dijo Teddy—. Recuerdo que era domingo. Mi hermana apenas era una criatura entonces, y estaba tomando la leche, y de repente me di cuenta de que ella era Dios y de que la leche era Dios. Quiero decir que lo que estaba haciendo era verter a Dios dentro de Dios, no sé si me entiende.

Nicholson no dijo nada.

—Pero ya podía salir muy a menudo de las dimensiones finitas cuando tenía cuatro años —dijo Teddy, como siguiendo el curso de sus recuerdos—. No en forma continua ni nada de eso, pero con bastante frecuencia.

Nicholson asintió.

—¿De veras? —dijo—. ¿Podías?

—Sí —dijo Teddy—. Eso estaba en la cinta... o tal vez en la cinta que grabé en abril último... no estoy seguro.

Nicholson sacó otra vez un cigarrillo, pero sin quitarle a Teddy los ojos de encima.

—¿Cómo sale uno de la dimensión finita? —preguntó, con una breve carcajada—. Quiero decir, para empezar de forma muy elemental, un trozo de madera es un trozo de madera, por ejemplo. Tiene largo, ancho...

—No los tiene. Ahí es donde usted se equivoca —dijo Teddy—. Todos creen que las cosas se acaban en un cierto punto. No es así. Eso es lo que estaba tratando de decirle al profesor Peet. —Se corrió en la silla, sacó un pañuelo, una horrible cosa gris, comprimida, y se sonó—. La única razón por la cual los objetos parecen acabarse en cierto punto es porque la gente no conoce otra manera de mirarlos —dijo—. Pero eso no significa que sea así —guardó el pañuelo y miró a Nicholson—. ¿Quiere levantar el brazo un segundo, por favor? —pidió.

—¿El brazo? ¿Por qué?

—Levántelo. Un segundo solamente.

Nicholson levantó el brazo unos centímetros por encima del nivel de la hamaca.

—¿Éste? —preguntó.

Teddy asintió.

—A eso, ¿cómo lo llama? —preguntó.

—¿Qué quieres decir? Es mi brazo. Un brazo.

—¿Cómo lo sabe? —preguntó Teddy—. Usted sabe que se llama brazo, pero, ¿cómo sabe que es un brazo? ¿Tiene alguna prueba de que sea un brazo?

Nicholson sacó un cigarrillo y lo encendió.

—Francamente, todo esto me suena a sofisma de la peor clase —dijo, exhalando el humo—. Es un brazo, diablos, porque es un brazo. En primer lugar, tiene que tener un nombre para que se lo pueda distinguir de los otros objetos. Quiero decir que no puedes simplemente...

—Se está usted poniendo lógico —dijo Teddy sin perder la calma.

—¿Me estoy poniendo cómo? —dijo Nicholson con un leve exceso de cortesía.

—Lógico. Me está dando una respuesta corriente, inteligente —dijo Teddy—. Yo estaba tratando de ayudarlo. Usted me preguntó cómo me las arreglo para salir de las dimensiones finitas cuando quiero. Desde luego, no empleo la lógica cuando lo hago. La lógica es lo primero que hay que dejar de lado.

Nicholson se quitó con los dedos una hebra de tabaco que tenía en la lengua.

—¿Conoce a Adán? —le preguntó Teddy.

—¿Si conozco a quién?

—A Adán. El de la Biblia.

Nicholson sonrió.

—Personalmente, no —dijo secamente.

—No se enfade conmigo —dijo Teddy vacilando—. Me hizo una pregunta, y yo...

—No estoy enfadado, por Dios.

—Bien —dijo Teddy. Estaba reclinado en su asiento, pero tenía la cabeza vuelta hacia Nicholson—. ¿Se acuerda de la manzana que Adán comió en el jardín del Edén, como se cuenta en la Biblia? —preguntó—. ¿Sabe lo que había en esa manzana? Lógica. La lógica y demás cosas intelectuales. Eso es lo único que tenía dentro. Así que (esto es lo que quiero señalar) lo que tiene que hacer es vomitar todo eso si quiere ver las cosas como realmente son. Quiero decir que, si lo vomita, no va a tener más problemas con trozos de madera y cosas así. Ya no verá las cosas acabando todo el tiempo. Y sabrá qué es en realidad su brazo, si le interesa saberlo. ¿Comprende lo que quiero decir? ¿Cree que lo ha entendido?

—Lo he entendido —dijo Nicholson, secamente.

—El problema es —dijo Teddy— que la mayoría de la gente no quiere ver las cosas tal como son. Ni siquiera dejar de nacer y morir a cada rato. Quieren tener siempre cuerpos nuevos, en vez de detenerse y permanecer con Dios, donde se está bien de veras. —Reflexionó—. Nunca vi una banda semejante de comedores de manzanas. —Meneó la cabeza.

En ese momento un camarero de cubierta, que hacía su ronda en ese sector, se detuvo frente a Teddy y Nicholson y les preguntó si querían tomar el caldo de la mañana. Nicholson no contestó. Teddy dijo:

—No, gracias —y el camarero continuó su recorrido.

—Si no quieres discutirlo, no tienes por qué hacerlo

—dijo Nicholson de pronto y con cierta brusquedad. Sacudió la ceniza de su cigarrillo—. Pero ¿es cierto o no, que le dijiste a todo el grupo examinador de Leidekker (Walton, Peet, Larsen, Samuels y todos ellos) cuándo y dónde y cómo morirían? ¿Es cierto o no es cierto? Nadie te obliga a decirlo, pero por lo que se contaba en Boston...

—No, no es cierto —dijo Teddy con énfasis—. Les dije los lugares, y los momentos en que debían tener mucho, mucho cuidado. Y les sugerí algunas cosas que les convendría hacer... Pero no dije nada más. No hablé de nada que fuera inevitable de ese modo —de nuevo sacó su pañuelo y lo usó. Nicholson lo observaba, esperando—. Y al profesor Peet no le dije nada de eso. En primer lugar, no era uno de los que se divertían haciéndome toda clase de preguntas. Lo que le dije al profesor Peet es que no debía seguir siendo profesor después de enero, eso es lo único que le dije —Teddy, recostado contra el respaldo, calló un instante—. Los otros profesores me obligaron prácticamente a contar toda esa historia. Fue cuando habíamos terminado la entrevista y la grabación de la cinta, y era muy tarde, y todos estaban sentados fumando sus cigarrillos y poniéndose muy quisquillosos.

—Pero, ¿no le dijiste a Walton o a Larsen, por ejemplo, cuándo o dónde o cómo les llegaría la muerte? —insistió Nicholson.

—No, señor. Nada de eso —dijo Teddy categóricamente—. Yo no quería decirles nada de todo eso, pero ellos insistían en hablar del asunto. En realidad, el que más o menos empezó la cosa fue el profesor Walton. Dijo que realmente quería saber cuándo iba a morir, porque entonces sabría qué trabajo hacer y qué trabajo dejar de lado, y cómo usar el tiempo de la mejor manera posible, y todo eso. Y entonces todos insistieron... Así que les dije un poco más.

Nicholson no dijo nada.

—Pero no es cierto que yo les dijera cuándo se iban a morir. Es un rumor totalmente falso —dijo Teddy—. Podría haberlo hecho, pero sabía que en el fondo no lo querían saber. Lo que quiero decir es que, aunque enseñan religión y filosofía y cosas así, siguen teniendo bastante miedo a morir —Teddy, sentado, o reclinado, guardó silencio un minuto—. ¡Es tan tonto! —dijo—. Lo único que pasa es que, cuando uno muere, se escapa del cuerpo. Caramba, si todos lo hemos hecho miles y miles de veces. El hecho de que no se acuerden no significa que no haya ocurrido. ¡Es tan tonto!

—Tal vez. Tal vez —dijo Nicholson—. Pero lo lógico sigue siendo que, por mucha inteligencia que...

—¡Es tan tonto! —dijo Teddy otra vez—. Por ejemplo, tengo una clase de natación dentro de cinco minutos. Podría bajar a la piscina y encontrarme con que no tiene agua. Podría ser el día en que cambian el agua, por ejemplo. Podría pasar, por ejemplo, que yo me acercara hasta el borde, como para mirar al fondo, y que mi hermana viniera y me diera un empujón. Podría fracturarme el cráneo y morir instantáneamente —Teddy miró a Nicholson—. Podría ocurrir —dijo—. Mi hermana sólo tiene seis años, y no hace muchas vidas que es un ser humano, y no me quiere mucho. Podría pasar, desde luego. Pero ¿qué tendría de trágico? ¿De qué podría tener miedo? Después de todo, yo no estaría haciendo más que lo que debo hacer, ¿verdad?

Nicholson gruñó suavemente.

—Tal vez no fuera una tragedia desde tu punto de vista, pero seguramente sería una cosa triste para tu madre y tu padre —dijo—. ¿No has pensado en eso?

—Sí, claro que lo he pensado —dijo Teddy—. Pero sólo es porque tienen nombres y emociones para todo lo que ocurre —había tenido las manos metidas debajo de los muslos, pero las sacó de nuevo, las metió debajo de las axilas y miró a Nicholson—. ¿Conoce a Sven, el encargado del gimnasio? —preguntó. Esperó a que Nicholson asintiera—. Bueno, si Sven soñara esta noche que se muere su perro, dormiría muy mal, porque tiene un enorme cariño a ese perro. Pero, al despertarse por la mañana, todo estaría bien. Se daría cuenta de que todo no había sido nada más que un sueño.

Nicholson asintió.

—¿Qué quieres decir, exactamente?

—Que, si el perro muriera de verdad, sería exactamente lo mismo. Sólo que no se daría cuenta. Se daría cuenta únicamente al morir él mismo.

Nicholson, con aire abstraído, ocupaba su mano derecha en masajearse lenta y sensualmente la nuca. Su mano izquierda, inmóvil sobre el brazo de la hamaca, con un nuevo cigarrillo aún sin encender entre los dedos, parecía curiosamente blanca e inorgánica en la radiante luz del sol.

Teddy, de pronto, se incorporó.

—Lo siento, pero ahora sí que tengo que irme —dijo. Se sentó haciendo equilibrio en el posapiés extendido ante su silla, frente a Nicholson, y se metió la camiseta dentro de los pantalones—. Calculo que tengo más o menos un minuto y medio para llegar a la clase de natación —dijo—. Es justo aquí abajo, en la cubierta E.

—¿Puedo preguntarte por qué le dijiste al profesor Peet que debía dejar de enseñar a principios del año próximo? —preguntó Nicholson, sin rodeos—. Conozco a Bob Peet. Por eso te lo pregunto.

Teddy se ajustó despacio su cinturón de cuero de cocodrilo.

—Sólo porque es un hombre muy espiritual, y ahora está enseñando un montón de cosas que no lo van a beneficiar en nada si realmente quiere hacer algún proceso espiritual. Lo estimula demasiado. Es hora de que empiece a quitarse cosas de la cabeza en lugar de llenarla cada vez más. Podría desembarazarse de un montón de manzanas en esta vida, con sólo proponérselo... Es muy bueno meditando —Teddy se levantó—. Es mejor que me vaya. No quiero llegar demasiado tarde.

Nicholson lo miró y sostuvo su mirada, reteniéndolo.

—¿Qué harías si pudieras modificar el sistema de enseñanza? —preguntó ambiguamente—. ¿Has pensado en eso alguna vez?

—Tengo que irme, de veras... —dijo Teddy.

—Contéstame sólo a esa pregunta —dijo Nicholson—. De hecho, la enseñanza es mi obsesión... es en lo que me ocupo. Por eso te pregunto.

—Bueno... no estoy muy seguro de lo que haría —dijo
Teddy—. Lo que sé es que no empezaría con las cosas con
que por lo general empiezan las escuelas. —Cruzó los brazos y reflexionó un instante—. Creo que primero reuniría
a todos los niños y les enseñaría a meditar. Trataría de en-
señarles a descubrir quiénes son, y no simplemente cómo
se llaman y todas esas cosas... Pero antes creo que les haría
olvidar todo lo que les han dicho sus padres y todos los demás. Quiero decir, aunque los padres les hubieran dicho
que un elefante es grande, yo les sacaría eso de la cabeza.
Un elefante es grande sólo cuando está al lado de otra cosa,
un perro, o una mujer, por ejemplo —Teddy recapacitó
un instante—. Ni siquiera les diría que un elefante tiene
trompa. A lo sumo, les mostraría un elefante, si tuviera
uno a mano, pero les dejaría ir hacia el elefante sabiendo
tanto de él como el elefante de ellos. Lo mismo haría con
la hierba y todas las demás cosas. Ni siquiera les diría que
la hierba es verde. Los colores son sólo nombres. Porque,
si usted les dice que la hierba es verde, van a empezar a esperar que la hierba tenga algún aspecto determinado, el
que usted dice, en vez de algún otro que puede ser igual-
mente bueno y quizá mejor. No sé. Yo les haría vomitar
hasta el último pedacito de manzana que sus padres y todo
el mundo les han hecho morder.

—¿No se correría el peligro de formar una generación
de pequeños ignorantes?

—¿Por qué? No serían más ignorantes que un elefante.
O un pájaro. O un árbol —dijo Teddy—. El hecho de que
se sea de cierta forma en lugar de comportarse simplemente de cierta forma, no significa que alguien sea un igno-
rante.

—¿No?

—¡No! —dijo Teddy—. Además, si quisieran aprender
todo lo demás, nombres y colores y otras cosas, podrían
hacerlo, si les gustara, cuando tuvieran más edad. Pero yo
querría que ellos empezaran con las verdaderas formas de
mirar las cosas y no mirándolas como hacen todos los comedores de manzanas. Eso es lo que quiero decir —se
acercó a Nicholson y le tendió la mano—. Tengo que

irme ahora mismo. En serio. He pasado un momento muy...

—Un segundo nada más, siéntate un momento —dijo Nicholson—. ¿Has pensado alguna vez que podrías hacer algún tipo de investigación cuando seas mayor? ¿Investigación en medicina, o algo así? Yo pienso que tú, con tu inteligencia, podrías...

Teddy contestó, pero sin sentarse.

—Lo pensé una vez, hace un par de años —dijo—. Había hablado con algunos médicos —movió la cabeza—. No me interesaría mucho. Los médicos se quedan demasiado en la superficie. Siempre están hablando de células y cosas así.

—¿Para ti no tiene importancia la estructura celular?

—Sí, por supuesto. Pero los médicos hablan de las células como si tuvieran una importancia ilimitada en sí mismas. Como si en realidad no pertenecieran a la persona que las posee. —Con una mano, Teddy se apartó el pelo de la frente—. Yo hice crecer mi propio cuerpo —dijo—. Nadie lo ha hecho por mí. De modo que, si yo lo hice crecer, debo saber cómo. Por lo menos inconscientemente. Tal vez haya perdido en los últimos cientos de miles de años el conocimiento consciente de cómo hacerlo crecer, pero ese conocimiento todavía está ahí porque, evidentemente, lo he usado... Se necesitaría mucha meditación y vacío para recuperarlo todo, quiero decir, el conocimiento consciente, pero uno podría hacerlo si quisiera. Si se abriera lo suficiente. —De pronto estiró una mano hacia abajo y levantó el brazo derecho de Nicholson separándolo de la hamaca. Lo sacudió una sola vez, cordialmente, y dijo:

—Adiós. Tengo que irme.

Esta vez Nicholson no fue capaz de detenerlo, pues salió corriendo por el pasillo con gran rapidez.

Nicholson permaneció inmóvil durante varios minutos cuando el chico se hubo ido, con sus manos apoyadas en los brazos de la hamaca y el cigarrillo sin encender aún entre los dedos de su mano izquierda. Por fin, alzó la mano derecha e hizo un gesto como para comprobar que seguía teniendo abierto el cuello de la camisa. Después encendió el cigarrillo y se quedó otra vez muy quieto.

Fumó el cigarrillo hasta el final. Después pasó bruscamente una pierna por el costado de la hamaca, pisó el cigarrillo, se incorporó y salió con cierta prisa caminando por entre las hamacas.

Por la escalera de proa, bajó apresuradamente a la cubierta de paseo. Sin detenerse, continuó, siempre con bastante celeridad, hasta la cubierta principal. Luego a la cubierta A. Luego a la cubierta B. Luego a la cubierta C. Luego a la cubierta D.

En la cubierta D terminaba la escalera de proa y Nicholson se detuvo un momento, al parecer desorientado. Después divisó a alguien que podía guiarlo. En mitad del pasillo, una camarera estaba sentada en una silla leyendo una revista y fumando un cigarrillo. Nicholson se acercó, la consultó brevemente, le dio las gracias, avanzó unos pasos más hacia proa y abrió una pesada puerta metálica que decía: A LA PISCINA. Vio una escalera estrecha, sin alfombrar.

Apenas había bajado la mitad de la escalera cuando oyó un grito sostenido, penetrante, evidentemente de una niña pequeña. Había una gran acústica, como si el grito reverberara entre las cuatro paredes de azulejos.

El período azul de Daumier-Smith

Si tuviera algún sentido —no lo tiene ni por asomo—, creo que me sentiría inclinado a dedicar este cuento, si es que algo vale, especialmente si tiene algunas partes un tanto subidas de tono, a la memoria de mi desaparecido y también subido de tono padrastro, Robert Agadganian hijo. Bobby —como lo llamaban todos, incluso yo— murió de trombosis en 1947, seguramente con cierto pesar pero sin una queja. Era un hombre temerario, magnético en grado sumo y muy generoso. (Después de haberme pasado tantos años escatimándole laboriosamente esos picarescos adjetivos, siento que es cuestión de vida o muerte transcribirlos hoy aquí.)

Mi padre y mi madre se divorciaron durante el invierno de 1928, cuando yo tenía ocho años, y mi madre se casó con Bobby Agadganian a fines de esa primavera. Un año más tarde, en el desastre de Wall Street, Bobby perdió todo lo que tenían él y mamá, excepto, al parecer, una varita mágica. De todos modos, prácticamente de la noche a la mañana, Bobby se transformó de ex agente de bolsa y vividor incapacitado, en un tasador vivaz, si bien algo falto de conocimientos, de una sociedad norteamericana de galerías y museos de arte independiente. Unas semanas más tarde, a principios de 1930, nuestro terceto algo heterogéneo se trasladó de Nueva York a París, más conveniente para el nuevo trabajo de Bobby. Yo tenía a los diez años un carácter frío, por no decir glacial, y tomé la gran mudanza, por lo que recuerdo, sin ninguna clase de traumas. La mudanza de vuelta a Nueva York, nueve años después, a los tres meses de la muerte de mi madre, fue lo que me alteró, y de un modo terrible.

Recuerdo un incidente importante que ocurrió justo un día o dos después de que Bobby y yo llegáramos a Nueva York. Yo iba por Lexington Avenue, en un autobús repleto, aferrado al pasamanos esmaltado, cerca del asiento del conductor, culo contra culo con el tipo que tenía detrás. Desde hacía varias manzanas el conductor había ordenado varias veces a los que estábamos agolpados cerca de la puerta delantera que «nos corriéramos hacia atrás». Algunos de nosotros habíamos tratado de complacerlo. Los demás no. Por último, aprovechando una luz roja, el atribulado conductor se dio vuelta en su asiento y me miró a mí, que estaba justo detrás de él. A los diecinueve años, yo iba sin sombrero, con el pelo aplastado, negro, no demasiado limpio, estilo *pompadour* continental, por encima de unos tres centímetros algo desiguales de frente. Se dirigió a mí en un tono de voz baja, casi prudente:

—Bueno, compañero —dijo—. A ver si movemos un poco ese culo.

Creo que fue lo de «compañero» lo que me molestó más. Sin tomarme siquiera la molestia de inclinarme, o sea, de mantener por lo menos la conversación en el plano privado, de *bon goût*, en que él la había iniciado, le informé, en francés, que era un grosero, un estúpido, un imbécil prepotente, y que nunca sabría cuánto lo detestaba. Acto seguido, bastante satisfecho, me corrí hacia el interior del autobús.

Las cosas empeoraron. Una tarde, más o menos una semana después, yo salía del Hotel Ritz —donde nos alojábamos indefinidamente Bobby y yo— y me pareció que todos los asientos de todos los autobuses de Nueva York habían sido destornillados y colocados en la calle, donde se estaba realizando una gigantesca polka de sillas. Creo que habría estado dispuesto a incorporarme al juego si la Iglesia de Manhattan me hubiera concedido una dispensa especial, garantizándome que los otros jugadores permanecerían respetuosamente de pie hasta que yo me sentara. Cuando resultó claro que nada de ello ocurriría, me decidí a actuar en forma más directa. Recé para que la ciudad quedara desierta de gente, por el privilegio de estar solo, so-lo, que es la única plegaria neoyorquina que rara vez se pierde o sufre retrasos burocráticos, y en un santiamén todo lo que yo tocaba se transformaba en una maciza soledad. Por la mañana y las primeras horas de la tarde concurría —físicamente— a una escuela de arte en la esquina de Lexington Avenue y la calle Cuarenta y Ocho, un sitio que odiaba. (La semana antes de que dejáramos París, yo había ganado tres primeros premios en la Exposición Nacional Juvenil, realizada en las Galerías Friburgo. Durante el viaje de regreso a Estados Unidos usé el espejo del camarote para observar mi notable parecido físico con El Greco.) Tres veces por semana, a última hora de la tarde, me instalaba en el sillón de un dentista, donde, en pocos meses, me fueron extraídos ocho dientes, tres de ellos delanteros. Las dos tardes restantes solía pasarlas recorriendo galerías de arte, generalmente en la calle Cincuenta y Siete, donde me faltaba poco para silbar las nuevas obras americanas. Al anochecer, generalmente leía. Compré una colección completa de los «Clásicos de Harvard» —sobre todo porque Bobby había dicho que no cabían en nuestro piso— y leí con cierta perversidad los cincuenta volúmenes. Por la noche, casi invariablemente, instalaba mi caballete entre las dos camas de la habitación que compartía con Bobby y me dedicaba a pintar. En un solo mes, según mi diario de 1939, terminé dieciocho cuadros. Merece señalarse que diecisiete de ellos eran autorretratos. Pero a veces, tal vez cuando mi musa se mostraba caprichosa, dejaba la pintura de lado y hacía dibujos. Aún conservo uno. Es la cavernosa vista de la enorme boca de un hombre a quien atiende su dentista. La lengua del hombre es un sencillo billete de cien dólares y el dentista está diciendo, tristemente, en francés: «Creo que podemos salvar la muela, pero tendremos que extirpar la lengua.» Era uno de mis dibujos favoritos.

Como compañeros de habitación, Bobby y yo éramos tan poco compatibles como, por ejemplo, un estudiante avanzado de Harvard excepcionalmente libre de prejuicios y un chico nuevo de Cambridge particularmente desagradable. Y cuando más tarde, al cabo de unas cuantas semanas, descubrimos que ambos estábamos enamorados de la misma difunta mujer, no por ello mejoraron las cosas. La verdad es que debido a ello empezó a establecerse entre nosotros una horrible relación tipo pasa-tú-primero. Cuando nos tropezábamos a la entrada del cuarto de baño, empezábamos a intercambiarnos animadas sonrisas.

Un día de mayo de 1939, unos diez meses después de que Bobby y yo nos trasladáramos al Ritz, en un diario de Quebec (uno de los dieciséis diarios y periódicos en francés a los que me había suscrito en un dispendioso arrebato) vi un anuncio de un cuarto de columna publicado por la dirección de una escuela de arte por correspondencia de Montreal. Aconsejaba a todos los profesores cualificados —en realidad decía que nunca podría hacerlo lo bastante *fortement*— que acudieran inmediatamente por un empleo a la escuela de arte por correspondencia más nueva y progresista del Canadá. Los aspirantes a profesores, decía el aviso, debían dominar perfectamente el francés y el inglés, y sólo debían presentarse quienes tuvieran costumbres moderadas y una acrisolada honradez. La temporada de verano en Les Amis des Vieux Maîtres se iniciaría oficialmente el 10 de junio. Las muestras de trabajo, decía el aviso, debían comprender tanto el campo del arte académico como el del comercial, y serían examinadas por Monsieur

I. Yoshoto, director, ex-miembro de la Academia Imperial de Bellas Artes de Tokio.

Inmediatamente me sentí del todo apto para el puesto, saqué la máquina de escribir Hermes Baby de Bobby de debajo de la cama y redacté, en francés, una larga e intempestiva carta dirigida a Monsieur Yoshoto, por la cual me perdí todas las clases matinales en Lexington Avenue. Mi párrafo inicial, de unas tres páginas de extensión, prácticamente echaba humo. Decía que tenía veintinueve años y que era sobrino nieto de Honoré Daumier. Agregaba que después del fallecimiento de mi mujer había dejado mi pequeña propiedad en el sur de Francia, para volver a los Estados Unidos —temporalmente, tenía el cuidado de aclarar— con un pariente inválido. Había pintado, explicaba, desde mi primera infancia pero, siguiendo el consejo de Pablo Picasso, uno de los más viejos y queridos amigos de mis padres, nunca había expuesto. Sin embargo, varias de mis acuarelas y óleos estaban ahora en algunas de las casas más suntuosas y, por supuesto, no de *nouveaux riches* de París, donde habían merecido gran atención por parte de los críticos más formidables de nuestra época. Después —dije— de la muerte trágica y prematura de mi mujer, debida a una *ulcération cancéreuse*, había decidido sinceramente no volver a empuñar un pincel. Pero algunos recientes reveses financieros me habían llevado a modificar esa firme *résolution*. Decía, además, que me sentiría muy honrado en someter muestras de mi trabajo a Les Amis des Vieux Maîtres, tan pronto me fueran remitidas por mi agente de París, a quien escribiría, sin falta, *très pressé*. Saludaba, por fin, muy respetuosamente, Jean de Daumier-Smith.

Elegir el seudónimo me llevó casi tanto tiempo como redactar la carta.

La escribí en papel común, pero la metí en un sobre del Ritz. Después de haberle puesto un sello de urgente que encontré en el cajón superior de Bobby, eché la carta en el buzón del hotel. En el camino previne al empleado de recepción (que me odiaba sin duda alguna) que estuviera atento a cualquier carta que llegara a nombre de Daumier-Smith. Luego, a eso de las dos y media, me deslicé en la clase de anatomía de las dos menos cuarto en la escuela de arte de la calle Cuarenta y Ocho. Por primera vez mis compañeros me parecieron un grupo bastante simpático.

Durante los cuatro días siguientes, aprovechando todos mis ratos libres y algunos otros que no me pertenecían íntegramente, hice alrededor de una docena de dibujos que, a mi juicio, eran típicos del arte comercial norteamericano. Empleando sobre todo témpera, pero también la pluma, de vez en cuando, para deslumbrar, dibujé gente vestida de gala que descendía de imponentes automóviles en noches de fiesta —parejas erguidas, esbeltas, superelegantes, que obviamente jamás en la vida habían ofendido a alguien por descuidar sus axilas—, parejas que, en realidad, tal vez ni siquiera tenían axilas. Dibujé gigantescos y bronceados jóvenes en smoking blanco, sentados ante blancas mesas al borde de piscinas color turquesa, brindando entre ellos, algo exaltados, con grandes vasos de whisky, de una marca barata pero ostensiblemente muy de moda. Dibujé niños sonrosados, como de carteles publicitarios, enloquecidos de alegría y salud, mostrando sus vacíos tazones de cereales para el desayuno y pidiendo un poco más con excelentes modales. Dibujé chicas sonrientes, de pechos altos, practicando esquí acuático con la mayor tranquilidad del mundo, por haberse protegido ampliamente contra esas plagas nacionales como son las encías que sangran, los lunares faciales, los pelos antiestéticos y los inadecuados o deficientes seguros de vida. Dibujé amas de casa que, hasta el momento de comprar el jabón en polvo ideal, dejaban la puerta abierta a los pelos hirsutos, las posturas ridículas, los niños malcriados, maridos indiferentes, manos ásperas (pero delgadas) y cocinas desordenadas (pero enormes).

Cuando las muestras estuvieron listas, se las remití en seguida a Monsieur Yoshoto junto a media docena de cuadros no comerciales que había traído conmigo de Francia. Incluí también lo que yo creía era una notita muy displicente que apenas empezaba a relatar la pequeña pero muy humana historia de cómo, totalmente solo y enfrentado a diversos obstáculos, dentro de la más pura tradición romántica, había alcanzado las frías, blancas y retiradas cimas de mi profesión.

Siguieron unos días de terrible incertidumbre, pero antes de terminar la semana llegó una carta de Monsieur Yoshoto aceptándome como profesor en Les Amis des Vieux Maîtres. La carta estaba escrita en inglés, pese a que yo había escrito en francés. (Después pude enterarme de que Monsieur Yoshoto, que sabía francés pero no inglés, había encargado la redacción de la carta, por algún motivo, a Madame Yoshoto, que tenía algunos conocimientos prácticos de inglés.) Monsieur Yoshoto me informaba de que la temporada de verano sería probablemente la más agitada del año, y que se iniciaría el 24 de junio. Esto, según me indicaba, me concedía casi cinco semanas para arreglar mis asuntos personales. Me hacía saber sus ilimitadas condolencias por mis recientes reveses afectivos y financieros. Esperaba que yo arreglara mis asuntos para presentarme en Les Amis des Vieux Maîtres el domingo 23 de junio, a efectos de familiarizarme con mis obligaciones y establecer «una firme amistad» con los otros profesores (que, como me enteré después, eran dos: Monsieur y Madame Yoshoto). Decía lamentar profundamente que no fuese norma de la escuela adelantar los gastos de viaje a los nuevos profesores. El sueldo inicial era de veintiocho dólares por semana, estipendio que, como el mismo Monsieur Yoshoto reconocía, no era gran cosa, aunque, como incluía alojamiento y comida nutritiva, y como él había advertido en mí una verdadera vocación, confiaba en que no me desanimaría. Esperaba con ansiedad un telegrama de aceptación de mi parte, y con ánimo gozoso mi llegada, y se declaraba, sinceramente, mi nuevo amigo y patrono, I. Yoshoto, ex-miembro de la Academia Imperial de Bellas Artes de Tokio.

A los cinco minutos ya había enviado mi telegrama de aceptación. Y, cosa curiosa, debido a mi excitación o posiblemente a mi sentimiento de culpa por usar el teléfono de Bobby para transmitir el telegrama, constreñí deliberadamente mi prosa y limité el mensaje a diez palabras.

Esa noche cuando, como de costumbre, me encontré con Bobby a la hora de cenar en el Salón Ovalado, me molestó ver que había traído una invitada. No le había dicho ni insinuado una palabra sobre mis recientes actividades extraoficiales, y me moría por comunicarle la noticia bomba —y dejarlo con la boca abierta— cuando estuviéramos solos. La invitada era una mujer joven muy atractiva, divorciada hacía unos pocos meses, con quien Bobby salía bastante a menudo y a quien yo había visto en diversas oportunidades. Era una persona verdaderamente encantadora, y todos los intentos que hizo para lograr mi amistad, para persuadirme amablemente de que me despojara de mi armadura, o por lo menos del yelmo, fueron interpretados por mí como una velada invitación a meterme en su cama en cuanto me viniera bien, es decir, apenas pudiéramos esquivar a Bobby, que notoriamente era demasiado viejo para ella. Durante toda la cena aclaré sucintamente cuáles eran mis planes para el verano. Cuando terminé, Bobby me hizo un par de preguntas bastante inteligentes. Las contesté con frialdad, con excesiva brevedad, sintiéndome el rey incuestionable de la situación.

—¡Me parece muy interesante! —dijo la invitada de Bobby, y esperó, perversamente, a que le deslizara por debajo de la mesa mi nueva dirección en Montreal.

—Creí que ibas a ir conmigo a Rhode Island —comentó Bobby.

—¡Querido, no seas aguafiestas! —le dijo la señora X.

—No lo soy, pero no me importaría saber un poco más de todo esto —dijo Bobby.

Sin embargo, me pareció adivinar por su actitud que ya estaba cambiando mentalmente su reserva de camarote para Rhode Island por una sola cama.

—Es la cosa más maravillosa, más halagadora que he oído en mi vida —me dijo fervorosamente la señora X con ojos maliciosos.

Ese domingo, cuando pisé por primera vez la plataforma de Windsor Station, en Montreal, llevaba un traje cruzado de gabardina beige (que me merecía una elevada opinión), un camisa de franela azul marino, una corbata amarilla de algodón, zapatos marrones y blancos, un sombrero Panamá (que era de Bobby y me quedaba pequeño) y un bigote pelirrojo de apenas tres semanas. Monsieur Yoshoto estaba allí esperándome. Era un hombre menudo, que no medía más de un metro cincuenta, y llevaba un traje de hilo algo sucio, zapatos negros y un sombrero de fieltro negro con el ala levantada. No sonrió ni dijo nada —según puedo recordar— cuando nos dimos la mano. Su expresión —y el término me vino de una versión francesa de la serie de Fu Manchú de Sax Rohmer— era «inescrutable». Por algún motivo, yo sonreía de oreja a oreja. No podía moderar la sonrisa y mucho menos suprimirla.

El viaje en autobús desde Windsor Station hasta la escuela era de varios kilómetros. No creo que Monsieur Yoshoto pronunciara más de cinco palabras en todo el trayecto. A pesar del silencio, o mejor dicho debido a él, yo conversé, sin parar, con las piernas cruzadas (un tobillo sobre la rodilla, y empleando continuamente el calcetín para absorber el sudor de las manos). Me pareció imperioso no sólo reiterar mis mentiras anteriores —sobre mi parentesco con Daumier, mi esposa fallecida, mi pequeña propiedad en el sur de Francia—, sino además agregar algunos detalles. Por fin, para no insistir en estas reminiscencias (empezaban a resultarme un poco penosas), cambié de tema y empecé a hablar del amigo más viejo y más fiel de mis padres: Pablo Picasso. *Le pauvre Picasso,* como yo le decía. (Debo aclarar que elegí a Picasso porque lo consideraba el pintor francés más conocido en Estados Unidos. Tranquilamente incluí al Canadá dentro de los Estados Unidos.) Le recordé a Monsieur Yoshoto, con una manifiesta dosis de compasión por el gigante caído, las veces que le había dicho: *Monsieur Picasso, où allez vous?* y cómo, en respuesta a esta penetrante pregunta, el maestro se dirigía siempre con un lento y pesado andar hasta la otra puerta de su estudio para mirar una pequeña reproducción de «Los Saltimbanquis», y la gloria, perdida desde hacía tiem-

po, que había sido suya. El problema de Picasso, le expli-
qué a Monsieur Yoshoto, mientras bajábamos del autobús,
era que nunca escuchaba a nadie, ni siquiera a sus amigos
más íntimos

En 1939, Les Amis des Vieux Maîtres ocupaba el segundo piso de un edificio pequeño, de aspecto muy poco agra-
ciado, de tres pisos, en el barrio Verdun, el menos atrayen-
te de Montreal. La escuela estaba situada directamente sobre un negocio de ortopedia. En realidad, Les Amis de
Vieux Maîtres se reducía a una sala grande y un pequeño
excusado sin pestillo. Sin embargo, apenas entré, me pareció que el lugar no estaba nada mal. Había una poderosa
razón para que así fuera. En las paredes de la «sala de profesores» lucían varias pinturas, todas acuarelas, cedidas
por Monsieur Yoshoto. De vez en cuando todavía sueño
con un ganso blanco que vuela en un cielo azul muy pálido
con —y éste era el prodigio de destreza más atrevido y lo-
grado que he podido ver— el azul del cielo, o un latido del
azul del cielo, reflejado en las plumas del ave. Este cuadro
colgaba justo detrás del escritorio de Madame Yoshoto.
Era lo que daba su sello propio a la habitación, junto a dos
o tres cuadros de similar calidad.

Madame Yoshoto, con un quimono de seda muy hermoso, color negro y cereza, se hallaba barriendo con una
escoba de mango corto cuando Monsieur Yoshoto y yo entramos en la sala de profesores. Era una mujer de pelo gris,
casi una cabeza más alta que su marido, con rasgos más
malasios que japoneses. Dejó de barrer y se adelantó hacia
nosotros, y Monsieur Yoshoto nos presentó brevemente.
Ella me pareció tan inescrutable como Monsieur Yoshoto,
si no más. En seguida Monsieur Yoshoto se ofreció para
mostrarme mi habitación, la cual, según me explicó (en
francés), acababa de quedar libre, pues su hijo —que era
quien la ocupaba— se había trasladado a la Columbia Bri-
tánica para trabajar en una granja. (Después de su prolon-
gado silencio en el autobús, le agradecí que hablara con
cierta continuidad y hasta lo escuché con atención.) Empezó a disculparse de que en la habitación de su hijo no hubiera sillas —sólo cojines—, pero en seguida lo convencí

de que eso era para mí una especie de don del cielo. (En rigor, creo que le dije que odiaba las sillas. Estaba tan nervioso que, si me hubiera dicho que en la habitación de su hijo había treinta centímetros de agua, tanto de noche como de día, probablemente hubiera dejado escapar una breve interjección de placer. Le hubiera dicho, tal vez, que padecía de una curiosa enfermedad de los pies que me obligaba a mantenerlos dentro del agua ocho horas al día.) Luego me llevó por una crujiente escalera de madera hasta mi habitación. Mientras subíamos le dije con especial énfasis que estaba estudiando budismo. Después descubrí que tanto él como Madame Yoshoto eran presbiterianos.

Por la noche, despierto todavía en mi cama, con la cena japonesa-malasia de Madame Yoshoto aún *en masse* y viajando por mi esternón como por un ascensor, uno de los dos Yoshoto empezó a quejarse en sueños, justo al otro lado de la pared divisoria. Era un quejido agudo, tenue, discontinuo, que parecía provenir no de un adulto, sino de algún niño trágico y anormal o de un animal muy pequeño y deforme. (Esto llegó a ser la función de todas las noches. Nunca descubrí cuál de los Yoshoto era el responsable y menos aún el motivo.) Cuando me resultó intolerable seguir escuchando acostado, me levanté, me puse las pantuflas y me senté en la oscuridad en uno de los cojines. Me quedé allí con las piernas cruzadas un par de horas, fumando un cigarrillo tras otro, apagándolos en la suela de las pantuflas y guardando las colillas en el bolsillo del pijama. (Los Yoshoto no fumaban y no se veían ceniceros por ninguna parte). Me dormí a eso de las cinco de la mañana.

A las seis y media, Yoshoto llamó a la puerta y me advirtió que a las siete menos cuarto se serviría el desayuno. Me preguntó a través de la puerta si había dormido bien, y le contesté: *«Oui»*. Después me vestí —poniéndome el traje azul, que consideré apropiado para un profesor en su primer día de clase, y una corbata roja de Sulka que me había regalado mi madre— y, sin lavarme, me apresuré a bajar a la cocina de los Yoshoto. Madame Yoshoto estaba junto al fogón, preparando pescado para el desayuno. Monsieur Yoshoto, en camiseta y pantalones, estaba sen-

tado a la mesa de la cocina, leyendo un diario japonés. Me
saludó con un movimiento de cabeza, como ausente. Nunca me habían parecido tan inescrutables. En seguida me
sirvieron un pescado de algún tipo con un resto leve pero
discernible de salsa de tomate a lo largo de uno de sus bordes. Madame Yoshoto me preguntó en inglés —y su acento me resultó inesperadamente encantador— si no hubiera preferido un huevo, pero yo le dije *«Non, non, Madame,
merci»*. Agregué que nunca comía huevos. Monsieur Yoshoto apoyó su diario contra mi vaso de agua y los tres comimos en silencio... es decir, ellos comieron y yo tragué
sistemáticamente en silencio.

Terminado el desayuno, y antes de salir de la cocina,
Monsieur Yoshoto se puso una camiseta sin cuello, Madame Yoshoto se quitó el delantal, y los tres bajamos con
cierta ineptitud hasta la sala de profesores. Allí, en un desordenado montón sobre el amplio escritorio de Yoshoto,
se hallaba una docena o más de sobres, enormes, abultados
y sin abrir. A mí me impresionaron como un montón de
nuevos alumnos recién cepillados y peinados. Monsieur
Yoshoto me designó mi escritorio, que estaba aislado en
un extremo de la habitación, y me pidió que tomara asiento. Luego, con Madame Yoshoto a su lado, empezó a abrir
algunos de los sobres. Los dos parecían examinar los diversos contenidos con cierto método, consultándose de
vez en cuando, en japonés, mientras yo permanecía sentado en la otra punta de la sala con mi traje azul y mi corbata
de Sulka, tratando de parecer simultáneamente atento, paciente y, de algún modo, indispensable para la organización. De un bolsillo interior saqué varios lápices de mina
blanda que había traído de Nueva York y los coloqué sobre el escritorio tratando de hacer el menor ruido posible.
En un determinado momento, Monsieur Yoshoto me
miró por algún motivo y le dediqué una sonrisa totalmente afable. Después, de improviso, sin dirigirme una palabra ni una mirada, los dos se sentaron ante sus respectivos
escritorios y empezaron a trabajar. Eran como las siete y
media.

A eso de las nueve, Monsieur Yoshoto se quitó las gafas,

se levantó y vino hasta mi escritorio con un fajo de papeles
en su mano. Yo había pasado una hora y media sin hacer
absolutamente nada salvo tratar de que mi estómago no
rezongara audiblemente. Me puse de pie con presteza
cuando se acercó a mí, mientras me inclinaba un poco
para no parecer irrespetuosamente alto. Me tendió el ma-
nojo de papeles que había traído y preguntó si sería tan
amable de traducir al inglés las correcciones que había escrito en francés. Dije: «*Oui, Monsieur*». Se inclinó levemente y regresó a su escritorio. Puse a un lado mi colección de
lápices de mina blanda, saqué mi estilográfica y —un tanto desolado— empecé a trabajar.

Como muchos artistas realmente buenos, Monsieur
Yoshoto no enseñaba mejor que un artista corriente con
ciertas dotes pedagógicas. Con su trabajo práctico —es decir, sus dibujos en papel de calcar superpuestos a los dibujos de los alumnos— junto a sus comentarios escritos al
dorso de los dibujos, podía enseñarle a un alumno razona-
blemente dotado cómo dibujar un cerdo reconocible en
una pocilga reconocible, y hasta un cerdo pintoresco en
una pintoresca pocilga. Pero lo que no podía enseñar de
ningún modo era a dibujar un hermoso cerdo en una hermosa pocilga (que era precisamente el pequeño detalle téc-
nico que sus mejores alumnos ansiaban recibir por correo). No era —debo agregar— que consciente o inconscientemente escatimara su talento o que no quisiera prodi-
garlo, sino simplemente que no estaba a su alcance hacerlo. Para mí, esta cruda verdad no encerraba ningún ele-
mento de sorpresa y, por lo tanto, no me pilló de improviso. Pero por fuerza debió tener cierto efecto acumulativo
considerando dónde me hallaba sentado, y al acercarse la
hora del almuerzo debía esmerarme para no emborronar
las traducciones con mis manos sudadas. Para hacer aún
más opresivas las cosas, la letra de Monsieur Yoshoto apenas era legible. De todos modos, a la hora de comer me ex-
cusé de acompañar a los Yoshoto. Dije que debía ir a co-
rreos. En seguida bajé la escalera, casi corriendo y empecé
a caminar apresuradamente, sin rumbo fijo, por un labe-
rinto de calles de aspecto extraño y descuidado. Cuando

llegué a un bar, entré y engullí cuatro bocadillos de salchicha y tres tazas de café cenagoso.

Cuando volvía a Les Amis des Vieux Maîtres empecé a preguntarme —primero con un cierto temor que me resultaba familiar y que más o menos sabía por experiencia cómo contrarrestar, y luego con un pánico total— si no habría algo personal en el hecho de que Monsieur Yoshoto me hubiera utilizado toda la mañana exclusivamente como traductor. ¿Acaso el viejo Fu Manchú sabía desde el comienzo que yo usaba, entre otros accesorios y efectos engañosos, un bigote de muchacho de diecinueve años? Se trataba de una posibilidad prácticamente intolerable. También tendía a socavar por completo mi sentido de la justicia. Ahí estaba yo —un hombre que había ganado tres primeros premios, un amigo íntimo de Picasso (ya empezaba a creer que lo era)— y me utilizaban de traductor. El castigo no guardaba relación con el pecado. Para empezar, mi bigote, por más ralo que fuera, era mío; no lo había pegado con cola. Para confortarme lo palpé con los dedos mientras regresaba de prisa a la academia. Pero cuanto más pensaba en todo el asunto, más me apresuraba, hasta que eché a correr, como si temiera que en cualquier momento empezaran a apedrearme de todos lados.

Aunque sólo había tardado unos cuarenta minutos en comer, cuando regresé los Yoshoto ya se encontraban trabajando ante sus escritorios. No levantaron la vista ni dieron señal de haberme oído entrar. Sudando y sin aliento, crucé la habitación y me senté en mi silla. Me quedé rígidamente inmóvil durante los quince o veinte minutos siguientes, repasando mentalmente toda suerte de nuevas anécdotas de Picasso por si a Monsieur Yoshoto se le ocurría de pronto levantarse y venir a desenmascararme. Y de improviso, en efecto, se incorporó y se acercó a mí. Yo me puse de pie para recibirlo desde toda mi altura, si era necesario, con una historia fresca de Picasso, pero cuando estuvo a mi lado comprobé con horror que había olvidado el argumento. Aproveché el momento para expresarle mi admiración por el cuadro del ganso volando que colgaba detrás de la cabeza de Madame Yoshoto. Me explayé en

profusas alabanzas. Dije que conocía a un hombre en París
—un paralítico con mucho dinero, aclaré— que estaría
dispuesto a pagar una elevada suma por esa pintura. Dije
que podía ponerme inmediatamente en contacto con él si
a Monsieur Yoshoto le interesaba. Pero por suerte, Monsieur Yoshoto dijo que el cuadro era propiedad de su pri-
mo, que en esos momentos estaba visitando a unos parien-
tes en el Japón. Luego, antes de que pudiera comunicarle
mi pesar, me preguntó —llamándome Monsieur Daumier-Smith— si tendría la amabilidad de corregir algunas
lecciones. Fue a su escritorio y regresó con tres de los
enormes y abultados sobres, que dejó sobre mi mesa.
Mientras yo permanecía atontado, asintiendo incansable-
mente con la cabeza y palpando mi bolsillo, donde había
vuelto a guardar los lápices de dibujo, Monsieur Yoshoto
me explicó el método de enseñanza de la academia (o, mejor dicho, su inexistente método de enseñanza). Cuando
regresó a su escritorio, necesité varios minutos para reco-
brarme.

Los tres alumnos que me adjudicaron escribían en inglés. La primera era un ama de casa de Toronto, de veintitrés años, cuyo seudónimo profesional era —según decía— Bambi Kramer, y solicitaba a la academia que la correspondencia le fuera dirigida a ese nombre. A todos los
alumnos nuevos de Les Amis des Vieux Maîtres se les pedía que llenaran un cuestionario y adjuntaran sus retratos.
La señora Kramer había enviado una foto en papel brillante, de formato grande, donde se la veía con un traje de
baño sin tirantes, una ajorca en uno de los tobillos y una
gorra blanca de marinero. En el cuestionario declaraba
que sus artistas preferidos eran Rembrandt y Walt Disney.
Afirmaba que su única ambición era poder emularlos algún día. Los dibujos que incluía como muestra estaban
unidos, con cierto criterio de subordinación, a su fotogra-
fía. Todos los dibujos resultaban impresionantes. Uno era
verdaderamente inolvidable. El dibujo inolvidable era una
acuarela florida, con un título que decía «Y perdona sus
pecados». Se veían tres niños pequeños pescando en un cu-
rioso espejo de agua, mientras la chaqueta de uno de ellos

tapaba un letrero que decía «Prohibido Pescar». El más alto, en primer plano, parecía tener raquitismo en una pierna y elefantiasis en la otra, efecto que —sin duda— la señora Kramer había usado para acentuar la postura del chico, con las piernas ligeramente separadas.

Mi segundo alumno tenía cincuenta y seis años y era un «fotógrafo de la vida de sociedad» de Windsor, Ontario, llamado R. Howard Ridgefield, quien manifestaba que desde hacía años su mujer le insistía en que se metiera en el asunto este de la pintura. Sus artistas preferidos eran Rembrandt, Sargent y «Titán», pero agregaba que a él no le interesaba particularmente hacer esa clase de pintura. Decía que le interesaba más el lado satírico del arte que el artístico. En apoyo de este parecer adjuntaba una buena cantidad de dibujos y óleos originales. Uno de sus dibujos —que creo era el más importante de todos— me ha sido fácil de recordar durante todos estos años como la letra de «Dulce Susana» o «Déjame que te llame mi Amor». Satirizaba la tragedia familiar y cotidiana de una joven pura y casta, de pelo rubio largo hasta los hombros y pechos grandes como ubres, que era atacada criminalmente por el cura en la iglesia, a la sombra misma del altar. Las vestimentas de ambos personajes se veían gráficamente desordenadas. En realidad, me impresionaron menos los efectos satíricos del asunto que la calidad de la técnica utilizada. Si no hubiera sabido que los separaban centenares de kilómetros, habría podido jurar que Ridgefield había recibido algunos consejos puramente técnicos de Bambi Kramer.

Salvo en raras circunstancias, cuando tenía diecinueve años, ante cualquier crisis mi sentido del humor era siempre lo primero que se paralizaba total o parcialmente. Ridgefield y la señora Kramer me provocaron toda clase de sentimientos, pero ni por asomo llegaron a divertirme. Tres o cuatro veces, mientras examinaba el contenido de los sobres, me sentí tentado de levantarme para presentar una protesta formal a Monsieur Yoshoto. Pero no tenía una idea muy clara de cómo debía ser mi protesta. Pienso que lo que temía era llegar junto a su escritorio sólo para comunicarle, gritando: «Mi madre ha muerto, y yo tengo que vivir con su encantador marido, y nadie habla francés en Nueva York, y en la habitación de su hijo no hay sillas. ¿Cómo espera que les enseñe a dibujar a estos dos chiflados?» Así que, entrenado como estaba a desesperarme sentado, no me levanté. Abrí el sobre de mi tercer alumno.

Se trataba de una monja de la orden de las Hermanas de San José, llamada Hermana Irma, que enseñaba «cocina y dibujo» en una escuela primaria de un convento situado en las afueras de Toronto. Y no tengo la menor idea de cómo o por dónde empezar a describir el contenido del sobre. Podría limitarme a mencionar que, en lugar de su retrato, la Hermana Irma había adjuntado, sin ninguna clase de explicación, una foto panorámica del convento. Recuerdo también que había dejado en blanco la línea del cuestionario en la que el estudiante debía hacer constar su edad. Aparte de eso, contestaba el resto del cuestionario como seguramente ningún otro cuestionario de este mundo se lo merece. Había nacido y se había criado en Detroit, Michigan, donde su padre era «probador de automóviles Ford». Su educación se reducía a un año de escuela secundaria. No había recibido ninguna lección de dibujo. Decía que la única razón por la que enseñaba dibujo era que la Hermana Fulana había fallecido y el Padre Zimmermann —ese nombre me quedó especialmente grabado porque así se llamaba también el dentista que me había sacado ocho dientes— la había elegido a ella para hacerse cargo de sus clases. Decía que tenía «treinta y cuatro gatitos en la clase de cocina y dieciocho gatitos en la de dibujo». Sus aficiones eran amar al Señor y la palabra del Señor, y «recoger hojas, pero sólo cuando estaban en el suelo». Su pintor favorito era Douglas Bunting. (Nombre que, lo confieso, busqué durante años, y que me llevó a muchos callejones sin salida.) Decía que a sus gatitos «siempre les gustaba dibujar gente corriendo y para eso soy una calamidad». Decía que estaba dispuesta a estudiar muchísimo para mejorar, y que esperaba que nosotros no fuéramos muy impacientes con ella.

Había, en total, seis muestras de sus trabajos en el sobre.

(Todas estaban sin firmar. Un detalle que no tenía gran importancia, pero que en ese momento resultaba desproporcionadamente refrescante. Todos los dibujos de Bambi Kramer y Ridgefield estaban firmados o —lo que resultaba aún más irritante— sólo llevaban sus iniciales.) Al cabo de trece años, no sólo recuerdo perfectamente las seis muestras de la Hermana Irma, sino que creo recordar a veces cuatro de ellas con demasiada nitidez para mi tranquilidad de espíritu. El mejor de sus trabajos era una acuarela sobre papel de estraza. (El papel de estraza, especialmente, el de envolver, es muy agradable, muy cálido para dibujar. Muchos artistas experimentados lo han empleado cuando no trataban de hacer nada extraordinario ni grandioso.) La pintura, pese a su reducido tamaño (unos veinticinco centímetros por treinta), representaba muy detalladamente el traslado de Cristo a su sepulcro en el jardín de José de Arimatea. En primer plano, a la derecha, dos hombres que parecían criados de José transportaban el cuerpo con bastante torpeza. José de Arimatea marchaba detrás, con un aire quizá demasiado marcial, dadas las circunstancias. A respetuosa distancia venían las mujeres de Galilea, mezcladas con una multitud heterogénea —algunos con apariencia de no haber sido invitados— de plañideras, espectadores, niños, y no menos de tres juguetones e impíos perros barcinos. Para mí, la figura más importante del cuadro era una mujer que se hallaba en primer plano, a la izquierda, de frente al espectador. Con la mano derecha por encima de su cabeza, hacía frenéticas señas a alguien —tal vez a su hijo, o a su marido, o quizá simplemente al espectador— para que dejara todo en seguida y viniera corriendo. Dos de las mujeres, en la primera fila de la multitud, llevaban aureola. Sin una Biblia a mano, sólo podía hacer una conjetura de quiénes se trataba. Pero identifiqué en seguida a María Magdalena. Al menos, estaba seguro de haberla identificado. Se hallaba en el centro del primer plano, al parecer apartada de la multitud, con los brazos caídos. No se esforzaba, por así decirlo, en demostrar su dolor. Más aún, no llevaba ninguna señal de duelo ni se veía en ella nada que recordara sus recientes y envidiables vinculaciones con el Difunto. Su cara, al igual que las otras caras del cuadro, estaba hecha con pinturas baratas color carne. Era dolorosamente evidente que la misma Hermana Irma había juzgado insatisfactorios los colores y había hecho todo lo posible —con la mejor voluntad, pero con ignorancia— para rebajarlos un poco. El trabajo no tenía otros defectos importantes. Es decir, ninguno digno de mayor atención. Era, en definitiva, la obra de un artista, hecha con disciplinado talento y Dios sabe cuántas horas de arduo trabajo.

Desde luego, una de mis primeras reacciones fue correr hasta el escritorio de Monsieur Yoshoto con el sobre de la Hermana Irma. Pero, una vez más, permanecí sentado. No quería correr el riesgo de que me quitaran a la Hermana Irma. Por fin, me limité a cerrar el sobre con cuidado y lo dejé encima del escritorio, con el excitante plan de dedicarme a él por la noche, en mis horas libres. Luego, demostrando una tolerancia mayor de la que creía tener, casi diría con buena voluntad, me pasé el resto de la tarde corrigiendo por superposición algunos desnudos masculinos y femeninos (sin órganos genitales) que había dibujado R. Howard Ridgefield con obscenidad y decoro.

A la hora de la cena desabroché tres botones de mi camisa y guardé el sobre de la Hermana Irma donde no pudieran introducirse los ladrones ni, para ser franco, los Yoshoto.

Una rutina tácita pero férrea imperaba en las cenas de Les Amis des Vieux Maîtres. Madame Yoshoto se levantaba de su escritorio a las cinco y media en punto y subía a preparar la cena, mientras Monsieur Yoshoto y yo nos reuníamos con ella —en fila india, por así decirlo— a las seis en punto. No había ningún intermedio, por esencial o higiénico que fuera. Esa tarde, no obstante, sintiendo contra mi pecho la tibieza del sobre de la Hermana Irma, me sentí relajado como nunca. Durante la cena no pude estar más conversador y extravertido. Prodigué una historia fantástica sobre Picasso que se me acababa de ocurrir y que realmente podía haber dejado para un día de lluvia. Monsieur Yoshoto apenas bajó un poco su diario japonés para

escucharla, pero Madame Yoshoto pareció más interesada
o, por lo menos, no del todo desinteresada. En cualquier
caso, cuando terminé la anécdota me habló por primera
vez desde que me preguntara por la mañana si quería un
huevo. Me preguntó si estaba seguro de que no quería una
silla en mi habitacion. Rápidamente dije: *«Non, non, merci,
Madame.»* Dije que, como los almohadones estaban apila-
dos contra la pared, me daban una excelente oportunidad
de acostumbrarme a mantener derecha la espalda. Me levanté para mostrarle que tenía los hombros caídos.

Después de cenar, mientras los Yoshoto discutían, en
japonés, algún asunto tal vez apasionante, pedí permiso
para retirarme de la mesa. Monsieur Yoshoto me miró al
principio como si no pudiera explicarse cómo había hecho
yo para entrar en su cocina, pero luego asintió con la cabeza, y rápidamente me dirigí hacia mi habitación. Encendí
la luz y cerré la puerta. Saqué del bolsillo los lápices de dibujo, me quité la chaqueta, me desabroché la camisa y me
senté en uno de los almohadones con el sobre de la Hermana Irma en la mano. Hasta pasadas las cuatro de la mañana, con todos los elementos necesarios desparramados a
mi alrededor por el suelo, me dediqué a satisfacer las necesidades más urgentes de la Hermana Irma.

Lo primero que hice fue trazar diez o doce bocetos a lápiz. En vez de bajar a la sala de profesores para buscar papel de dibujo, recurrí a mi papel personal, usando ambas
caras de la hoja. Cuando hube terminado, le escribí una
larga, casi interminable carta.

Toda mi vida he guardado cosas como una urraca excepcionalmente neurótica, y todavía tengo el penúltimo
borrador de la carta que escribí a la Hermana Irma esa noche de junio de 1939. Podría transcribirla aquí palabra por
palabra, pero no es necesario. El grueso de la carta, y qué
grueso, lo dediqué a explicarle dónde y cómo, en su trabajo
principal, había cometido algunos errores, y sobre todo
con los colores. Hice una lista de algunos materiales de dibujo que a mi juicio le eran indispensables, y hasta los cos-
tos aproximados. Le pregunté quién era Douglas Bunting.
Pregunté dónde podía ver sus obras. Le pregunté (sabien-

do cuán improbable era) si había visto una reproducción de algún cuadro de Antonello da Messina. Le pedí que, por favor, me dijera cuántos años tenía y le aseguré, reiteradamente, que la información, de ser suministrada, quedaría entre nosotros. Dije que se lo preguntaba sólo porque la información me ayudaría a darle una enseñanza más adecuada. Sin cambiar de tono, le pregunté si en el convento admitían visitas.

Creo que las últimas líneas (o decímetros cúbicos) de mi carta podrían transcribirse aquí... con su puntuación, sintaxis y todo lo demás:

... De paso, si usted domina el francés, le agradecería que me lo hiciera saber, ya que puedo expresarme con gran precisión en ese idioma, pues he pasado la mayor parte de mi juventud en París, Francia.

Como, por lo visto, usted está preocupada por el dibujo de personas que corren, a fin de poder transmitir esa técnica a sus alumnas del convento, le adjunto bocetos hechos por mí, que tal vez le resulten útiles. Comprobará que los he hecho rápidamente y que no son en modo alguno perfectos, ni modelos encomiables, pero creo que le darán los rudimentos que a usted le interesan. Por desgracia, me temo que el director de la escuela carece de todo método pedagógico. Me alegro muchísimo de que esté usted tan adelantada, pero no tengo idea de lo que el director pretende que yo haga con los demás alumnos que están muy atrasados y que, en mi opinión, son, sobre todo, estúpidos.

Desgraciadamente, soy agnóstico, pero admiro mucho a San Francisco de Asís, desde lejos, claro está. Me pregunto si usted sabe, por casualidad, lo que dijo (San Francisco de Asís) cuando le iban a quemar un ojo con un hierro al rojo vivo. Dijo así: «Hermano fuego, Dios te hizo hermoso y fuerte y útil; te ruego que seas amable conmigo». En mi opinión, usted pinta hasta cierto punto como él habló, en muchos agradables sentidos. A propósito, ¿puedo preguntarle si la joven de vestido azul en el primer plano es María Magdalena? Me refiero a la composición que hemos estado analizando, por supuesto. Si no es así, me he equivocado tristemente. Aunque no sería una novedad.

Espero que me considere enteramente a su disposición mientras sea alumna de Les Amis des Vieux Maîtres. Francamente, creo que usted tiene mucho talento y no me sorprendería en absoluto si en pocos años se revela como un genio. Nunca me atrevería a alentarla sin fundamento. Ésta es una de las razones por las cuales le he preguntado si la mujer en el primer plano era María Magdalena, porque, de ser así, temo que usted está usando más su incipiente genio que sus inclinaciones religiosas. Pero, en mi opinión, esto no es motivo de preocupación.

Con sincera esperanza de que goce de perfecta salud, me despido de usted.

> Con todo respeto,
> (firmado)
> JEAN DE DAUMIER-SMITH
> *Profesor*
> *Les Amis des Vieux Maîtres*

P.D. Me olvidaba decirle que los alumnos deben enviar trabajos cada dos semanas a la academia. ¿Sería usted tan amable de hacerme unos dibujos de exteriores como primer deber? Hágalos a su gusto, sin esforzarse. No sé, desde luego, cuánto tiempo le permiten dedicar al dibujo en el convento y espero que me informe al respecto. También le ruego que compre los materiales necesarios que me he tomado la libertad de señalarle, pues me gustaría que empezara a usar óleos lo más pronto posible. Si me permite que se lo diga, creo que es usted demasiado apasionada para pintar siempre a la acuarela, sin intentar el óleo. Se lo digo objetivamente y no quiero molestarla; en realidad, es algo así como un cumplido. Además mándeme, por favor, todos los trabajos anteriores que tenga a mano, pues me encantaría verlos. No necesito decirle que, hasta que llegue su próximo envío, los días serán insufribles para mí.

Si no me extralimito, me gustaría mucho que me dijera si le resulta satisfactorio ser monja, en un sentido espiritual, por supuesto. Francamente, soy aficionado al estudio de las religiones desde que leí los volúmenes 36, 44 y 45 de los Clásicos de Harvard, que usted posiblemente conozca. Me fascina sobre todo Martín Lutero, que era protestante, desde luego. Por favor, no se ofenda por esto. No abogo por ninguna doctrina; no está en mi carácter hacerlo. Para terminar, le ruego no se olvide de informarme sobre sus horas de visita, pues, si no me equivoco, tengo libres los fines de semana y tal vez algún sábado, por casualidad, me encuentre cerca de allí. Y no se olvide, por favor, de decirme si habla correctamente el francés, pues tengo poca soltura para expresarme en inglés debido a mi educación variada y en general bastante insensata.

Envié la carta y los dibujos a la Hermana Irma a eso de las tres y media de la mañana, para lo cual debí salir a la calle. Después, extasiado, me desnudé con dedos entumecidos y me desplomé en la cama.

Estaba a punto de dormirme cuando oí otra vez a través de la pared el sonoro gemido que venía del dormitorio de los Yoshoto. Me imaginé que por la mañana los Yoshoto vendrían a pedirme, a suplicarme que escuchara hasta el más pequeño y espantoso detalle de su misterioso secreto. Me figuraba exactamente cómo ocurriría. Estaría sentado entre ellos a la mesa de la cocina, escuchándolos. Escucharía, escucharía, escucharía, con la cabeza entre las manos, hasta que, incapaz de seguir soportándolo, metería la mano por la garganta de Madame Yoshoto, le sacaría el corazón y lo abrigaría como si fuera un pájaro. Luego, cuando todo estuviera tranquilo, mostraría los trabajos de la Hermana Irma a los Yoshoto, y ambos compartirían mi alegría.

Siempre nos damos cuenta demasiado tarde, pero la mayor diferencia entre la felicidad y la alegría es que la felicidad es un sólido y la alegría un líquido. Mi alegría empezó a derramarse de su recipiente a la mañana siguiente, cuando Monsieur Yoshoto se acercó a mi escritorio con los sobres de dos nuevos alumnos. En ese momento yo estaba

trabajando en los dibujos de Bambi Kramer y bastante relajado, porque sabía que mi carta a la Hermana Irma estaba en el correo. Pero para lo que no me hallaba ni remota-
mente preparado era para hacer frente al hecho increíble
de que en el mundo hubiera dos personas con menos talento para el dibujo que Bambi o R. Howard Ridgefield.
Sintiendo que se me acababa la buena disposición, encendí
un cigarrillo en la sala de profesores por primera vez desde
que entrara a formar parte del cuerpo docente. Me sirvió
de ayuda y de nuevo me enfrasqué en el trabajo de Bambi.
Pero antes de la tercera o cuarta chupada sentí, sin necesidad de verlo, que Monsieur Yoshoto me estaba mirando.
Efectivamente, empujó hacia atrás su silla. Como de costumbre, me puse de pie cuando estuvo junto a mí. Me explicó, en un irritante susurro, que él personalmente no tenía nada en contra del cigarrillo pero que, por desgracia,
las normas de la escuela prohibían fumar en la sala de profesores. Interrumpió mis profusas disculpas con un mag-
nánimo gesto de la mano y regresó al extremo de la habitación que compartía con Madame Yoshoto. Me pregunté
con verdadero pánico cómo aguantaría sin volverme loco
los trece días que faltaban hasta el próximo sobre de la
Hermana Irma.

Eso fue el martes por la mañana. Pasé el resto de la jor-
nada de trabajo y los dos días siguientes febrilmente atarea-
do. Desarmé, por así decirlo, todos los dibujos de Bambi
Kramer y de R. Howard Ridgefield y los armé con piezas
nuevas. Les preparé docenas de ejercicios anormales, in-
sultantes, pero totalmente constructivos. Les escribí ex-
tensas cartas. Casi le supliqué a R. Howard Ridgefield que
desistiera de la sátira por un tiempo. Le pedí a Bambi, con
el máximo de delicadeza, que se abstuviera, temporalmente, de enviar dibujos con títulos como «Y perdona sus pecados». Entonces, el jueves por la tarde, sintiéndome en
plena forma, empecé con uno de los alumnos nuevos, un
norteamericano de Bangor, estado de Maine, que declaraba en su cuestionario, con locuaz y simple hostilidad, que

su artista preferido era él mismo. Se consideraba un realista-abstracto. En cuanto a mis horas libres, el martes por la tarde tomé un autobús que me llevó al centro de Montreal y entré a ver un festival de dibujos animados en un cine de tercera categoría, lo que significó en gran medida asistir a una sucesión de gatos bombardeados con corchos de champaña por bandas de ratones. El miércoles por la tarde junté los almohadones de mi habitación, los apilé de a tres, y traté de reproducir de memoria el dibujo de la Hermana Irma sobre el entierro de Cristo.

Me siento tentado de decir que la tarde del jueves fue extraña, o quizá macabra, pero la verdad es que no tengo adjetivos vistosos para la tarde del jueves. Salí de Les Amis después de la cena y fui no recuerdo a dónde, posiblemente a pasear o al cine; no puedo recordarlo, y esta vez mi diario de 1939 también me falla, porque la página que necesito está totalmente en blanco.

Sin embargo, sé por qué está la página en blanco. Cuando regresaba de donde hubiera estado esa tarde —recuerdo que ya había oscurecido— me detuve en la acera de la academia y contemplé el escaparate iluminado de la casa de artículos ortopédicos. Entonces ocurrió algo verdaderamente horrible. Empecé a pensar que, por más que aprendiera algún día a vivir con frialdad, sensibilidad o gracia, siempre sería, en el mejor de los casos, un visitante en un jardín lleno de chatas y orinales esmaltados, donde había un maniquí ciego, de madera, con un braguero para hernia a precio rebajado. Sólo pude soportar este pensamiento unos segundos. Recuerdo que subí corriendo a mi habitación y que me desnudé y metí en la cama sin abrir siquiera el diario, y mucho menos anotar algo en él.

Permanecí despierto durante horas, temblando. Escuché los quejidos de la otra habitación y forzosamente pensé en mi mejor alumna. Traté de visualizar el domingo en que la iría a visitar al convento. La vi venir hacia mí —junto a una alta verja—, una tímida y hermosa muchacha de dieciocho años, que aún no había hecho los votos definitivos y que estaba por lo tanto libre para volver al mundo con el Abelardo que eligiese. Vi cómo caminábamos lenta, silenciosamente, hacia un lugar remoto y sombreado del convento donde, de pronto y sin pecado, yo pasaría mi brazo alrededor de su cintura. La imagen era demasiado sublime para retenerla, y por fin la dejé desvanecer y me dormí.

Pasé toda la mañana y la mayor parte de la tarde del viernes trabajando duro, tratando, con ayuda de papel de seda superpuesto, de convertir en árboles reconocibles una selva de símbolos fálicos que el hombre de Bangor, Maine, había dibujado en costoso papel de hilo. A eso de las cuatro y media de la tarde me sentía bastante agotado mental, física y espiritualmente, y sólo me incorporé a medias cuando Monsieur Yoshoto se acercó un momento a mi escritorio. Me entregó algo, y lo hizo con la impersonalidad con que un camarero reparte el menú del día. Era una carta de la Madre Superiora del convento de la Hermana Irma informando a Monsieur Yoshoto que el Padre Zimmermann, por circunstancias ajenas a su voluntad, se veía obligado a modificar su decisión de permitir que la Hermana Irma estudiara en Les Amis des Vieux Maîtres. La Madre Superiora decía que lamentaba profundamente cualquier confusión o inconveniente que pudiera causar a la escuela este cambio de planes. Confiaba en que el primer pago de catorce dólares por las lecciones pudiera ser reintegrado a la diócesis.

Siempre he estado seguro de que el ratón que escapa de la trampa vuelve cojeando a casa con nuevos e infalibles planes para matar al gato. Después de leer y releer la carta y después de contemplarla fijamente durante largos minutos, reaccioné de pronto y escribí cartas a mis cuatro alumnos restantes, aconsejándoles que abandonaran la idea de hacerse artistas. Les dije, individualmente, que estaban malgastando su valioso tiempo y el de la escuela. Escribí las cuatro cartas en francés. Cuando terminé, salí inmediatamente y las eché al correo. La satisfacción duró poco, pero mientras duró fue magnífica.

Cuando llegó el momento de desfilar hacia la cocina,

pedí que me excusaran. Dije que no me sentía bien. (Yo
mentía, en 1939, con mucha más convicción que cuando
decía la verdad, por lo que tuve el convencimiento de que
Monsieur Yoshoto me miraba con suspicacia cuando dije
que no me sentía bien.) En seguida fui a mi habitación y
me senté en un almohadón. Estuve así seguramente durante una hora, contemplando un agujero de la persiana
por donde entraba luz, sin fumar ni sacarme la chaqueta ni
aflojarme la corbata. De pronto, me levanté, cogí papel y
escribí tumbado en el suelo una segunda carta a la Hermana Irma.

Nunca eché al correo esa carta. Lo que sigue es trans-
cripción directa del original.

Montreal, Canadá
28 de junio de 1939

Querida Hermana Irma:

¿Le he dicho, por casualidad, en mi última carta, algo que
le haya podido parecer molesto o irreverente al Padre Zimmermann y que le haya causado a usted algún inconveniente?
Si es así, le suplico que, por lo menos, me dé una oportunidad
razonable de retractarme de cualquier cosa que haya podido
decir involuntariamente en mi ferviente anhelo de llegar a
ser su amigo y maestro. ¿Es pedir demasiado? Confío en que
no.

La verdad lisa y llana es la siguiente: si usted no aprende algunos rudimentos más de la profesión, será una artista muy,
muy interesante durante el resto de su vida, en lugar de ser
una gran artista. En mi opinión, sería terrible. ¿Se da cuenta
de la gravedad de la situación?

Es probable que el Padre Zimmermann la haya obligado a
darse de baja de la escuela porque piensa que podría ser in-
compatible con su vocación religiosa. Si es así, no puedo por
menos que decir que ha sido una gran imprudencia por parte
del Padre Zimmermann en muchos aspectos. No es incompa-
tible con el hecho de que usted sea monja. Yo mismo vivo
como un mal monje. Lo peor que podría suponerle ser artista
es que podría hacerla siempre un poquito infeliz. Pero, en mi
opinión, no es ninguna situación trágica. El día más feliz de

mi vida fue cuando tenía diecisiete años, hace mucho tiempo. Iba a encontrarme con mi madre para comer juntos. Ella salía a la calle por primera vez después de una larga enfermedad. Yo flotaba de felicidad cuando de pronto, al llegar a la avenida Victor Hugo, que es una calle de París, me encontré con un tipo sin nariz. Le pido que considere ese factor, más aún, se lo ruego. Está lleno de significación.

También es posible que el Padre Zimmermann la haya obligado a renunciar a las clases porque el convento carece, quizá, de los fondos necesarios para abonar el curso. Espero de todo corazón que así sea, no sólo porque me alivia el espíritu, sino también por sus aspectos prácticos. De ser así, bastará con que usted me lo diga para que yo le ofrezca mis servicios gratis por un período indefinido de tiempo. ¿Podemos seguir discutiendo esta cuestión? ¿Puedo preguntar de nuevo cuáles son sus días de visita en el convento? ¿Puedo tomarme la libertad de visitarla en el convento el próximo sábado, 6 de julio, entre las tres y las cinco de la tarde, según el horario de trenes entre Montreal y Toronto? Espero su respuesta con enorme ansiedad.

Con respeto y admiración, sinceramente,

(firmado)
JEAN DE DAUMIER-SMITH
Profesor
Les Amis des Vieux Maîtres

P.D. En mi última carta le pregunté de pasada si la joven de vestido azul en el primer plano de su dibujo religioso era María Magdalena, la pecadora. Si hasta ahora no ha contestado mi carta, no lo haga. Posiblemente yo estaba equivocado y no quiero provocar más desilusiones en este momento de mi vida. Estoy dispuesto a seguir en la oscuridad.

Aún hoy, después de tantos años, no puedo evitar ruborizarme al recordar que había llevado conmigo un smoking cuando fui a Les Amis des Vieux Maîtres. Efectivamente, tenía uno y cuando terminé la carta a la Hermana

Irma, me lo puse. Todo este asunto parecía reclamar imperiosamente que me emborrachara, y como jamás en la vida había estado borracho (por temor a que el exceso de alcohol hiciera temblar la mano que pintó aquellos cuadros que ganaron los tres primeros premios, etc.), me sentí impulsado a vestirme de etiqueta para tan trágica ocasión.

Mientras los Yoshoto aún estaban en la cocina, me escurrí escaleras abajo y llamé por teléfono al Hotel Windsor, que me había recomendado la señora X, la amiga de Bobby, antes de salir de Nueva York. Reservé una mesa individual para las ocho.

Alrededor de las siete y media, vestido y bien peinado, asomé la cabeza por la puerta de mi habitación para ver si alguno de los Yoshoto estaba en el pasillo. No quería en modo alguno que me vieran con smoking. No estaban a la vista y bajé apresuradamente a la calle y me lancé en busca de un taxi. En el bolsillo interior de la chaqueta llevaba mi carta a la Hermana Irma. Me proponía leerla durante la cena, a la luz de las velas.

Anduve un buen rato sin encontrar un solo taxi, y menos aún desocupado. Resultó desagradable. Verdun de Montreal no era lo que se dice un barrio elegante, y tenía la impresión de que cada transeúnte me miraba con desaprobación. Cuando llegué por fin al snack-bar donde el lunes anterior había engullido los bocadillos, decidí echar por la borda mi reserva en el Hotel Windsor. Entré en el snack-bar, me senté en uno de los compartimientos más apartados, y cubrí mi corbata de pajarita con una mano mientras pedía sopa, pan y café negro. Confiaba en que los demás parroquianos me tomaran por un camarero que se dirige a su trabajo

Mientras tomaba la segunda taza de café, saqué mi carta, aún sin enviar, y la releí. El fondo del asunto parecía un poco insustancial y decidí volver en seguida a Les Amis para retocarla un poco. Consideré también mi plan de visitar a la Hermana Irma y me pregunté si no sería buena idea sacar los billetes de tren esa misma noche. Cavilando sobre ambas cosas —sin que mejorara por ello sensiblemente mi estado de ánimo— salí del bar y regresé rápidamente al colegio.

Quince minutos más tarde me ocurrió algo verdaderamente insólito. Me temo que la frase tiene todas las desagradables características de un «recurso estilístico», pero es precisamente todo lo contrario. Tengo que relatar una experiencia extraordinaria, que todavía me sigue pareciendo una visión sobrenatural, pero me gustaría, en lo posible, que no se tomara por un caso milagroso, ni siquiera un caso límite de auténtico milagro. (Lo contrario, pienso, equivaldría a afirmar o dar a entender que la indiferencia de las apariciones espirituales entre un San Francisco y un vulgar besador de leprosos, hiperestésico y dominguero, es sólo cosa de matiz.)

En el crepúsculo de las nueve de la noche, cuando cruzaba la calle hacia el edificio de la academia, había una luz encendida en la casa de artículos ortopédicos. Me asombré de ver una persona de carne y hueso en el escaparate, una muchacha bastante corpulenta, de unos treinta años, que llevaba un vestido de color verde, amarillo y azulado. Le estaba cambiando el braguero al maniquí de madera. Cuando llegué frente al escaparate, acababa de quitarle el braguero anterior; lo tenía debajo del brazo izquierdo (me presentaba su perfil derecho) y le estaba colocando el nuevo. Me detuve a contemplarla, fascinado, hasta que de repente la chica sintió, y después vio, que alguien la miraba. La sonreí inmediatamente —como para demostrarle que la figura vestida de smoking que estaba del otro lado del vidrio no le era hostil—, pero no me dio resultado. La turbación de la chica era extraordinaria. Se sonrojó, dejó caer el braguero viejo, dio un paso hacia atrás, pisó un montón de irrigadores y perdió el equilibrio. Instintivamente hice ademán de tenderle la mano, golpeándome los nudillos contra el vidrio. La chica aterrizó pesadamente sobre sus posaderas, como una patinadora. En seguida se incorporó sin mirarme. Con el rostro aún sonrojado, se alisó el pelo con una mano y continuó atando los cordones del braguero. Fue precisamente en ese momento cuando tuve mi Experiencia. De pronto (y creo que digo esto con toda la luci-

dez necesaria) salió el sol y se precipitó sobre mi nariz a
una velocidad de setenta y tres millones de kilómetros por
segundo. Cegado y lleno de terror, tuve que apoyar una
mano en el vidrio para no caerme. La cosa sólo duró unos
segundos. Cuando recuperé la visión, la chica había desaparecido del escaparate, dejando detrás suyo un campo res-
plandeciente de exquisitas flores esmaltadas.

Me alejé del escaparate y di dos vueltas a la manzana,
hasta que terminaron de temblarme las rodillas. Luego,
sin atreverme a dirigir otra mirada hacia el escaparate de la
tienda, subí a mi habitación y me tiré en la cama. Algunos
minutos, algunas horas, más tarde, hice —en francés— la
siguiente anotación en mi diario: «Le estoy dando a la
Hermana Irma la libertad de seguir su propio destino.
Todo el mundo es una monja.»

Esa noche, antes de acostarme, escribí cartas a los cuatro alumnos que acababa de rechazar, reincorporándolos.
Dije que en la sección administrativa se había cometido un
error. En realidad era como si las cartas se escribieran solas. Tal vez influyó el hecho de que, antes de sentarme a escribir, había traído un silla desde la sala de profesores.

Parecerá que se rompe el encanto al mencionarlo, pero
la academia Les Amis des Vieux Maîtres fue clausurada
esa misma semana por no tener el permiso en regla (en
realidad, por no tener ninguna clase de permiso). Hice las
maletas y fui a reunirme con Bobby, mi padrastro, en Rhode Island, donde pasé las seis u ocho semanas siguientes
—a la espera de la reapertura de la academia de bellas artes— estudiando el más interesante de todos los animales
activos del verano: la Chica Americana en Shorts.

Para bien o para mal, jamás volví a escribir a la Hermana Irma, aunque a veces me llegan noticias de Bambi Kramer. Lo último que supe es que se dedicaba a ilustrar sus
propias felicitaciones de Navidad. Debe de ser algo digno
de verse, si no ha perdido la mano.

Índice